世界少年经典文学丛书

美妞与怪兽

[法]博蒙夫人　著

曹　慧　编译

中国出版集团　现代出版社

图书在版编目（CIP）数据

美妞与怪兽／（法）博蒙夫人著；曹慧编译. —北京：现代出版社，
2013.2

ISBN 978 - 7 - 5143 - 1279 - 9

Ⅰ．①美⋯ Ⅱ．①博⋯ ②曹⋯ Ⅲ．①童话 - 作品集 - 法国 - 近代
Ⅳ．①I565.88

中国版本图书馆 CIP 数据核字（2013）第 022108 号

作　　者	博蒙夫人	
责任编辑	李　鹏	
出版发行	现代出版社	
通讯地址	北京市安定门外安华里 504 号	
邮政编码	100011	
电　　话	010 - 64267325　64245264（传真）	
网　　址	www.xdcbs.com	
电子邮箱	xiandai@cnpitc.com.cn	
印　　刷	三河市嵩川印刷有限公司	
开　　本	700mm×1000mm　1/16	
印　　张	9	
版　　次	2013 年 2 月第 1 版　2021 年 8 月第 3 次印刷	
书　　号	ISBN 978 - 7 - 5143 - 1279 - 9	
定　　价	29.80 元	

序　言

　　孩子是未来的希望，是父母心中的天使，是充满快乐的精灵。小学阶段更是孩子最快乐的时光，是孩子成长发育的黄金阶段。为了让孩子学习更多的课外知识，享受更加丰富的学习乐趣，我们策划了本丛书！

　　从小让孩子多读课外书，对培养孩子健康的心态和正确的人生观无疑将起着非常重要的作用。自《语文课程标准》公布以来，不少富有敬业精神、有才干的教师，在他们的教学中，担当起阅读教育的重担。他们在严谨的选材中，利用丰富的文学资源，向学生推荐了大量优秀的课外读物，实施了以"练成阅读和作文的熟练技能"为重要内容的阅读教育。大千世界充满了丰富的知识。阅读能丰富小学生的语文知识，增强阅读能力，提高写作水平，开阔视野，增长智慧。阅读本丛书，能够使孩子享受到阅读的快乐，激发起更浓厚的阅读兴趣，孩子的生活将充满新的活力与幸福！本丛书精选了世界名著和中国经典书目中流传最广、影响最大、最脍炙人口的作品，是培养小学生理解能力、记忆能力、创造能力的最佳课外读物。

　　最后需要指出的是，本丛书把世界上流传甚广的经典童话、寓言等也尽收其中，并将这些文学作品重新编写审订，使作品在不影响原著的基础上更适合少年儿童阅读，在丰富他们课余生活的同时提高语言和文字表达能力。本丛书通过科学简明的体例、丰富精美的图片等有机结合，使小读者不仅能直观地领略作品的精髓，而且还能获得更为广阔的文化视野和愉快体验。希望本丛书能成为孩子生活的一缕阳光照亮孩子前进的道路，能成为一丝雨露滋润孩子纯净的心灵。

编　者

目　录

美妞与怪兽

从前，有一个非常富有的商人，他有三儿、三女。这个商人特别明智，为了教育子女，他从不吝惜钱财，为他们请了有关各个方面的老师来教导他们。

他的女儿们都很漂亮，小女儿是最漂亮的。在她还是小姑娘的时候，人家就叫她为美妞，这个名字后来就一直保留了下来。她的两个姐姐却因此非常妒忌她。小妹妹不仅比两个姐姐美丽，而且还比她们善良。姐姐们常常仗着自己有钱，态度很傲慢：她们总是摆出一副贵妇人的架子，从不屑于与别的商人的女儿交朋友，而要门第高贵的人来和她们做伴。她们每天都出去看戏、跳舞、游逛，还要嘲笑小妹妹——她把大多数的时间都用来阅读各种对她有益的书籍。

好几个大商人觊觎商人的财产，听说这几个女孩子非常富裕，于是都来向她们求婚。大姐二姐却说，她们一定要嫁一个公爵，不然至少也得嫁个伯爵，否则的话就永远不嫁。美妞（就是我刚才说的这位小妹妹的名字）则非常真诚地感谢了前来求婚的人，并且对他们说，由于自己现在还太年轻，所以希望在父亲身边再多待些时间。

天有不测风云，有一天，商人突然破了产。他失去了所有的财富，只剩下了离城很远的一间乡村小房子了。他伤心地对孩子们说，现在全家只能迁到那里去居住，并且为了维持生活，一家人只能像农民一样到地里去辛苦地干活。

听到父亲这样说，两个姐姐却回答，她们不愿意离开城市，并且说她们的好几个情郎尽管知道她们破了产，但是仍然很乐意娶她们。这两位天真的小姐根本就不知道自己打错了算盘：她们的情郎听说她们倒了霉运，连正眼都不愿再瞧她们一眼了。又由于她们态度很傲慢，于是谁都不再爱她们了。

大家都这样说："她们不值得我们疼惜。把她们的傲气打击下去，我们才会感到高兴呢。就让她们到乡下去一边放羊一边去摆贵妇人的架子吧！"然而大家却说："我们非常同情美妞的遭遇，因为她是个十分好心的姑娘。她既温柔，又是那么的诚恳，对待穷人也那么善良。"美妞虽然穷得一分钱都没有，但是还有好几位绅士来向她求婚。她告诉他们说，她不能离开她不幸的父亲，她将陪他一起到乡下去，以减轻他的忧虑，和他一起劳动。

善良可怜的美妞看到家中破产了，于是感到十分的伤心，但是她对自己说："哭也没有用，眼泪是不能帮助我重新找回失去的财富的。即使没有钱也应当每天高兴地生活。"到了乡下之后，商人和他的三个女儿开始过农耕生活。美妞每天早晨四点钟就起床，每天忙着打扫屋子，辛苦地为一家人准备饭菜。刚开始，她有很多困难，十分不习惯像佣人那样劳动。然而两个月过去了，她变得非常能干了，并且劳动也使她的身体强壮了。她做完工作以后，就开始弹琴、看书，或者一边唱歌一边纺纱。

然而两个姐姐却完全跟她相反，整天感到无聊得要命。她们每天上午十点钟才起床，整天去外面游玩，还老嫌自己漂亮的衣服不漂亮，还唠唠叨叨批评妹妹。"瞧！"她们说，"妹妹的灵魂是多么的低贱和愚蠢啊，她居然能安安稳稳地过这种可怜的生活。"

好心的商人并不这么认为，他知道三姊妹中美妞是最好的。他赞赏这个姑娘的美德，尤其是她的忍耐精神，因为两个姐姐不仅把所有的家务都推给她做，而且还经常辱骂她。就这样一家人在孤寂中生活了一年之后，商人突然收到了一封信。这封信告诉他说，他的一船货物已经顺利地运到了。这则消息使他的大女儿和二女儿高兴得差点儿晕了过去。她们想，这样的话就可以离开这个讨厌的乡村。她们看到父亲快要出发了，于是便要求他给她们带回皮披肩、连衣裙、帽子以及各种各样的物品。然而美妞呢，她什么要求都没有提，因为她想，即使卖掉货物所得的钱也不够买姐姐们想要的东西。

"难道你不想要我替你买点什么东西吗？"父亲问她。"谢谢您那么好心想着我，"她对父亲说，"那么您就给我带来一枝玫瑰花吧，因为这里没有那样的花。"

而事实上，并不是美妞想要玫瑰花，她只是不想突出自己来谴责姐姐们的举动而已，不然姐姐们一定会说她不要东西是为了展示自己的高傲。

商人出发了。然而当他到达目的地以后，别人为这宗货物跟他打了一场官司，他用尽全力，然而最后还是穷得像原来一样回来了。

只差三十里路他就到家了，想到立刻就能和孩子们见面，因此心情格外高兴。然而就在这时候，他在穿越一座大森林时，找不着了路。天空还飘着大雪，怒吼的狂风好几次都把他从马上刮下来。黑夜向他袭来，他觉得自己即使不冻死或者饿死，也会被在他周围嗥叫的恶狼们吃掉。

突然，他看到丛林中一条狭长小道的尽头闪耀着灯光。他朝那亮光走去，终于看清它是从一座华丽的宫殿里透出来的。商人十分感谢上帝救了他，然后赶紧走进宫殿里。更让他感到奇怪的是，庭院里竟然没有一个人。他的马看到附近有个大马厩，于是就跑了进去。马厩里有很多燕麦和草料，这匹饿得非常可怜的马就立即大吃起来。

商人拴上马，开始向宫殿内厅走去，里面也是一个人都没有。他在大厅里看到一个已经生得暖烘烘的壁炉，并且还摆着一桌丰盛的饭菜，然而桌上只放着一份餐具。

他身上已经被雪水淋透了，于是就到壁炉前烤火，一边自言自语地说："住宅的主人以及仆人一定会原谅我这样随便的行动的。他们也许不久就会回来了。"然而等了很久，十一点敲过了，还是没有人回来。他饿极了，于是就拿起一只烧鸡，哆哆嗦嗦地没几口就吃完了。他又喝了几杯酒，胆子更大了，于是走出大厅，穿越过几间陈设豪华的过厅，来到一个放着非常舒适的床铺的卧室里。这时已经过了午夜十二点，他感到困了，于是就关上房门在床上睡下了。

　　他第二天醒来之后，已经是早上十点钟了。他惊奇地发现自己的破衣服已消失了，原来的位子上摆放着一套整洁的新衣服。"这个宫殿一定是属于某位好心的仙女的，"他说，"应该是仙女在可怜我的处境了吧。"他看了看窗外，雪已经停了，花廊里的花开得非常美丽。

　　之后他回到昨晚吃夜宵的大厅里，看到茶几上放着几块巧克力。"谢谢你，仙女，"他高声说，"你是如此的好心，还为我准备了午饭。"商人刚吃完巧克力，就出去找他的马。当他走过玫瑰花廊的时候，突然想起了美妞的要求，于是便伸手折了一枝，上面开着好几朵玫瑰花。

　　就在那个时候，宫殿里发出一声巨响，只见一头十分令人可怕的怪兽朝他走来。他几乎被吓得晕了过去。"你实在是太没有良心了！"怪兽用可怕的声音说，"我在我的城堡里接待了你，并且还救了你的性命，但是你却偷走我的玫瑰花——对于我来说世界上没有别的东西比这玫瑰花更珍贵了。现在，你只有以死来抵偿这一过错才行。我给你一刻钟的时间，你赶紧向上帝祈祷吧。"

　　商人吓得双膝跪地，合掌向怪兽乞求说："老爷，请饶恕我吧！我真的没有想到替我的女儿折了一枝玫瑰花会触犯到您。"

　　"我不是老爷，"怪兽回答，"我是怪兽，我讨厌别人的奉承，我喜欢别人想什么就说什么，所以你就甭想用好话来感动我。你刚才说你有个女儿，那么我可以宽恕你，但是必须让你的一个女儿自愿到这里来代替你死。好，不用再说什么了，你赶紧走吧。如果你的女儿们都不愿意替你死，那么你一定要在三个月以后再回到这里来。"

　　起初商人不愿因为恶魔而牺牲自己的任何一个女儿，本想立刻牺牲自己。然而他又想："最起码，我还可以再拥抱她们一次。"于是他便向怪兽说，他会再回到这里来的。

　　怪兽允许他在任何时候都可以离开宫殿。"但是，"他补充说，"我不想让你就这样回去，你到昨天晚上睡觉的卧室里去，那里有一只非常大的空箱子，你可以把你所喜欢的东西都装在里面，我将会把它送到你的家里去。"怪兽说完话就离开了。商人想："如果我一定要死的话，那么我也可以为可怜的女儿们留下一些面包钱，我也可以因此而得到一点安慰。"他又回到那间卧室，找到了很多的金币，装满了怪兽所说的那个大箱子。然后，他到马厩里牵走了马，怀着与刚进来时的截然相反的悲哀心情离开了宫殿。他的马自动地选择了森林中的一条路，很快就把他送到了他破旧的小屋里。

孩子们迎上来。商人对女儿们的亲热迎接不仅无动于衷，而且竟看着她们开始大哭了起来。然后他把手里的玫瑰花递给美妞，说："美妞，把这枝玫瑰花收下吧，你可怜的父亲为了它甚至付出了十分昂贵的代价……"接着他向全家讲述了他的不幸遭遇。

听完他的话之后，两个姐姐大声地尖叫起来，大骂美妞。美妞一点都没哭。"看，这都是由于这个高傲的小丫头引起的！"她们说，"为什么她不像我们那样要衣服？因为她想显示自己。她要杀害我们的父亲，现在却连哭都不哭！"

"哭能解决问题吗？"美妞辩解说，"为什么我要为父亲的死而哭呢？他不会死的。既然怪兽同意让他的一个女儿去代替他，我情愿牺牲自己的性命。我会感到无比幸福的，因为我将愉快地用我的死来拯救我父亲的性命，用这个行动来展示我对他的爱。"

"不，妹妹，"她的三个哥哥说，"你不应该去白白送死。我们得去打死这个恶魔，如果不能杀死他，那么我们宁愿死在他的魔爪下。"

"孩子们，你们别这样想了。"商人对他们说，"怪兽的力气特别大，要战胜他是没有任何希望的。美妞对我的爱稍微减轻了我的痛苦，但是我不会让她去送死的。我已经老了，也活不了多久了。我去那里只不过是少活几年，这不算什么。唯一让我感到遗憾的是我要与你们永别了，我亲爱的孩子们！"

"爸爸，请认真听我说，"美妞说，"我一定要和你一起去，你别再阻拦我了。虽然我还年轻，但是我并不那么留恋自己的生命。我宁可被怪兽吃掉，也不愿看到您遇难而死去。"不管别人如何劝说，美妞都仍然坚持要去那座漂亮的宫殿。两个姐姐非常高兴，因为她们一直都很嫉妒妹妹的好品德。

　　商人想到即将失去自己最爱的女儿，于是感到十分伤心，早忘了那只装满钱币的箱子了。当他走进卧室准备睡觉时，他惊奇地发现这只箱子已经在他的床边了。于是他一下子就变成了大富翁。他决定不把这事告诉孩子们，因为一旦说出来，两个大女儿就会要求回到城里去，而他自己早就已经决定要在这个村子里养老了。但是，他把这一秘密告诉了美妞。于是美妞对爸爸说，在他不在家的时候，来过一些绅士，其中还有两位爱上了两个姐姐。她请求父亲让她俩与他们结婚。美妞对待她们是如此的好心，她已经真心地原谅了她们给她带来的痛苦。

　　美妞和爸爸要出发了，两个坏心眼的姐姐只是拿葱揉了揉眼睛，装出伤心难过而流泪的样子。美妞的哥哥们跟商人一样哭得十分伤心。然而只有美妞一滴眼泪也没掉，因为她不愿增加他们的悲伤。商人和女儿骑马出发，当天晚上就到达了那座灿烂的宫殿。他们把马留在马厩里后，走进了大厅。

　　大厅里摆着一桌美餐，桌上放着两份餐具。商人一点都吃不下去，然而美妞却尽量沉住气，坐下来吃起来。她想：“怪兽让我吃如此好的东西，莫非想要在吃掉我之前让我长得再胖一点不成？”

　　他俩刚吃完饭，就立即听到一个巨大的响声。然后商人哭着向女儿告别，因为他知道这是怪兽的怒吼。美妞一见到怪兽的恐怖模样，不禁打起寒颤，但她还是尽量使自己保持镇静。

　　怪兽问美妞是不是心甘情愿地来到这里，美妞打着哆嗦说是的。“你真的很善良，”怪兽对她说，“我非常感谢你。好心的商人，明天早上你就可以回去了，以后永远都不用再到这里来了。”怪兽说完之后就离开了。

　　“啊，我的女儿，”商人伤心地拥抱着美妞说，“我已经被吓得快要死了。听我的话，就让我留在这儿吧！”“不，爸爸。”美妞十分坚定地说，“明天早上你就回去，让老天爷救我吧，也许它会怜惜我的。”

　　美妞跟爸爸该休息了，本来他们以为这一夜肯定不能睡觉了，却想不到一上床就很快地睡着了。美妞在睡梦中看到一位夫人对她说："美妞，你是这么的善良，我感到十分高兴。你愿意用自己的生命救你的父亲，你这样高尚的行为一定会有好报的。"美妞醒来后，告诉了爸爸这场梦。商人听了虽然得到了一些安慰，然而当他不得不与亲爱的女儿分开时，又忍不住大哭起来。

商人回去后，美妞独自一人坐在大厅里，也开始哭了起来。但是她很勇敢，完全把生死置之度外，决定在这生活的短暂时间里，不要去自寻烦恼，因为她认为一到晚上怪兽就该要把她吃掉了。于是她参观起这座华美的宫殿来。

正当她情不自禁地欣赏时，惊异地发现在一扇门上写着："美妞的房间"。她把门打开一看，里面全部都是精美的陈设，她不禁赞叹起来，眼睛都看花了。

房间里最吸引她的是一架羽管琴、一个大书柜和好几本乐谱。"也许是怪兽不想让我感到孤独吧？"她低声说，"如果怪兽只让我在这里住一天，那么他就不会给我准备这些东西了。"她想到这里就更加有勇气了。

她打开书柜，发现一本书上用金字写着："如果你想要什么就要什么吧，开始随心所欲地支配一切吧，你就是这里的王后以及主人。""哎呀，"她叹口气说，"我什么都不想要，我只想要再见见我的可怜的父亲，想知道他现在到底在做什么。"说来也奇怪，她这样自言自语时，一抬头，便从一面很大的镜子里望见了她的家——爸爸忧伤地回到了家，两个姐姐迎上前来。她们尽管假装十分伤心的样子，但是却掩饰不住看到妹妹被抛弃而感到十分得意的心情。不久之后，这一情景便消失了。

美妞心里有点感激怪兽了，她想，怪兽对她是好的，他并没有想象中那么可怕。

中午的时候，桌上又摆出了美味的饭菜。她吃饭的时候，还听到悠扬的乐曲声，尽管一个人都没见到。

晚饭时，她听到了怪兽的叫声，又不禁害怕起来。"美妞，"怪兽说，"你能让我在这看着你吃饭吗？""你是这里主人。"美妞打着颤说。

　　怪兽说；"不，你才是这里的女主人。如果你要是讨厌我的话，你可以叫我离开，那么我马上就出去。告诉我，你是不是认为我很丑陋？"

　　"是的，"美妞说，"因为我不会说谎。然而我却相信你有一颗非常善良的心。"

　　"你说得非常对。"怪兽说，"但是，除了丑陋，我还缺乏智慧。你知道的，我只是一头怪兽。"

　　"你说你自己缺乏智慧，这就说明你并不愚蠢，因为愚蠢的人是永远都不会知道这一点的。"

　　"吃饭吧，美妞。"怪兽说，"以后这里就是你的家，呆在自己家里你什么都不用烦恼。这里所有的一切都是你的。如果你不开心，那么我也会感到很悲哀。"

　　"你真好。"美妞说，"我承认，你的善良使我感到十分高兴。当我想到这一点时，我看着你就觉得你不那么丑陋了。"听到美妞这么说，怪兽答道："我虽然有一颗善良的心，但是我仅仅是一头怪兽。"

　　"其实有很多人比你更丑陋。"美妞说，"比起那些有着人的模样而藏着一颗腐败、虚伪和忘恩负义的心的人来说，我宁愿喜欢像你这样的人。""如果我聪明的话，"怪兽说，"我会说出一大堆的话来感谢你。可惜我很笨拙，我想要对你说的全部的话，就是我非常感激你。"

　　美妞吃得特别香，她差不多已经不再害怕怪兽了。然而当她听到怪兽向她提出下面的问题时，她几乎吓得快要死了。

　　"美妞，你想要做我的妻子吗？"，怪兽问美妞。美妞沉默了好久，没有出声。如果说不愿意呢，她害怕会激怒怪兽。然而她还是战战兢兢地对他说："不，怪兽。"

　　可怜的怪兽估计是非常失望，他听完这句话后，长叹了一声，发出了一声特别可怕的呼啸，几乎把整个宫殿都震动了。然而，美妞却很快就镇静下来，因为怪兽伤心地对她说："那么，咱们再见吧，美妞。"他走出了房间，还时不时地回头看看她。美妞看到只剩下自己一个人了，便可怜起这头伤心的怪兽来。"咳！"她说，"真遗憾，他长得那么丑陋，可是他却有一颗那么好的心！"

美妞在宫殿里宁静地住了三个月。每天晚上怪兽都会来看望她。每次她吃晚饭的时候，怪兽都会跟她聊天。他说话的时候是那样朴实，完全没有上流社会的人所谓那种机灵劲儿。每天美妞从怪兽身上发现新的优良品质。因为经常看到他，所以慢慢地就对他的丑陋感到习惯了。怪兽每次来看望她的时候，她一点都不觉得害怕了。她还经常看是不是到了九点钟，因为怪兽总是在这个时候来到她的房间的。

虽然怪兽很好，但只有一件使美妞感到很难堪的事，那就是怪兽每次在睡觉之前，总是要问她是不是愿意做他的妻子。当她回答说不愿意的时候，他总是显得非常痛苦。有一天，美妞对他说："你让我很发愁，怪兽。我很想要嫁给你，然而我不得不坦率地说，这是永远都办不到的。我以后将一直都会是你的朋友，你就满足于这一点吧。"

"是的，"怪兽说，"我应该抑制一下自己。我知道我自己面貌十分可憎，但是我特别爱你。你在这里让我感到非常幸福，答应我，你永远都不离开我！"听了这些话美妞脸红了。她从镜子里看到过她的爸爸由于失去了她而愁闷得生了病，她是多么的希望再次见到他啊。

"或许我可以答应你永远都不离开你，"她对怪兽说，"但是我渴望再见到我的父亲。假如你拒绝我的这个请求，那么我就会郁闷而死的。""我宁愿自己死掉，也不愿让你感到烦恼。"怪兽说，"我将把你送到你的父亲那里去，你可以留在他的身边，而我将痛苦地死去。"

"不！"美妞说着便哭了起来，"我是如此地喜欢你，绝对不能让你死去。一星期之后我就会回来的。我从镜子里看到姐姐们已经结婚，哥哥们也都参军去了，家里只剩下了爸爸一个人，你就让我回家待一个星期吧！"

"明天早上你就出发吧，"怪兽说，"但是不要忘了你的诺言。当你想要回来的时候，你只需要在睡觉前把你的戒指放在桌子上就行了。再见了，美妞。"怪兽说完话，就像往常一样叹了一口气。美妞看到怪兽因她而伤心，感到十分难过，然后就闷闷不乐地睡下了。

等第二天早上美姐醒来之后，她发现自己已经在爸爸的房间里了。她按了按床边的铃，于是女仆就进来了。女仆一见美姐就大叫起来，商人应声跑来。能和亲爱的女儿再次见面使他感到十分高兴。他俩互相拥抱了好久。

在激动之余美姐想起自己起床后还没有衣服换。这时女仆却告诉她说，刚刚在隔壁的房间发现了一只很大的箱子，里面有很多饰着珍珠宝石的漂亮连衣裙。美姐非常感谢好心的怪兽对她的关心。于是她挑了一件最朴素的穿上，并吩咐女仆把其余的收藏起来，说是准备要送给她的两个姐姐。她一这么说，箱子就消失了。她的爸爸说，应该是怪兽要把这些衣服都留给美姐，然后箱子又立刻出现在原地了。

人们把美姐回家的消息告诉了两个姐姐，她们就分别和自己的丈夫一起来了。她们两人都非常不幸。大姐嫁给了一个年轻的贵族。虽然他像爱神一样漂亮，但是他只爱他自己，从早到晚都一直在为自己的美貌操心，却看不起他的妻子。二姐嫁了一个非常聪明的男人，然而他却把自己的聪明只用来跟别人斗气，首先就是跟他的妻子怄气。

两个姐姐看到美姐穿的像公主一样，显得甚至比阳光还要美丽，于是感到非常痛苦。尽管美姐待她们很亲热，但是她们的嫉妒心还是没法平息。当美姐向她们谈到自己生活得非常幸福时，她们的嫉妒心就变得更强了。那两个坏姐姐走到花园里大哭了一场，心里盘算着坏点子。

她们嘀咕着说："为什么这个小丫头比我们还要幸福呢？我们难道不比她可爱吗？""妹妹，"大姐说，"我有个办法：我们尽力留她超过一星期，这样的话她的那个愚蠢的怪兽就会由于她的失信而发怒，也许就会把吃掉她了。""你说得非常对，姐姐。"另一个说，"如果要做到这一点，就得对她多用点亲热劲儿。"

她们打定了主意害小妹妹，商量好之后，就又回到了房间里来看她们的妹妹，并对她表示格外的深情厚意，这使美姐高兴得甚至快要哭了。一个星期过去了，美姐回去的时间到了，两个姐姐便揪住自己的头发表示非常的伤心，美姐只好答应再住一个星期再回去。

　　然而，美妞知道自己违背了诺言，责备自己这样做会给可怜的怪兽带来悲哀，因为她已经真正地喜欢上了他，开始为见不到他而感到十分烦闷了。当美妞在爸爸家里度过第十个晚上时，她突然梦见自己来到了宫殿的花园里，看见怪兽躺在草地上就快要死了，并且还听到责备她忘了情义。美妞突然醒了，伤心地流出了眼泪。

　　"怪兽对我那么好，而我却给他造成了那么多的痛苦，我是多么不应该啊！"她说，"他确实长得很丑，也不是很聪明，但这难道是他的过错吗？他是如此的善良，这比其它任何东西都强。我为什么不同意嫁给他呢？我跟他在一起将会比姐姐们和她们的丈夫在一起更加的幸福。"

　　"妻子并不能从丈夫的漂亮以及聪明中得到任何幸福，她的幸福只能出自他的美好的性格、善良和道德。而怪兽完全具备这一切品质。我对他虽然没有爱，但是我非常尊敬他，感激他，对他怀着友情。好了，不能再让他这么伤心了，否则我将会成为一个忘恩负义的人，会一辈子都感到内疚的。想到这，美妞起来把戒指放到桌子上，然后就睡下了。她很快就睡着了。第二天早晨当她醒来时，愉快地发现自己已经回到了宫殿里。为了让怪兽高兴，她穿上了漂亮的衣服。她闷闷不乐地等了整整一个白天，并且期盼快到晚上九点钟。九点钟已经到了，可是怪兽却没有出现。

　　美妞跑遍了整个宫殿，因为她非常担心怪兽是不是由于她的原因已经死去。她大声地呼喊着，十分伤心。她找遍了所有的角落，最后想起了在梦中梦见的情景，于是就向花园里的小河边奔去。果然，她发现可怜的怪兽躺在那里已经失去了知觉。她还以为怪兽已经死了，于是便扑到他的身上，也不再对他的模样感到害怕了。她发觉他的心还在跳动，于是便从小河里取来了一些水，泼到他的脸上。怪兽慢慢地睁开眼睛，对美妞说："你违背了自己的诺言。由于我失去你而感到十分的悲伤，决心将自己饿死。我死得非常高兴，因为我现在又见到了你。

　　美妞激动地回答："不，我亲爱的怪兽，你不会死的。你要一直活下去，要做我的丈夫。我现在就答应你，我发誓，我以后只属于你。哎！我先前总以为我对你只怀有友情，但是现在我才体会到，当我见不到你的时候，我是如此的痛苦，我简直无法生活下去了。"

美妞刚一口气说完这些话，宫殿里就升起了十分耀眼的焰火，响起了美妙的音乐，呈现出一派节日的美丽景象。但是，正为怪兽的灾祸而战栗的美妞却无心欣赏这美丽的场景。当她重新回头看望她的亲爱的怪兽时，她呆住了，一句话都说不出来：怪兽不见了，伏在她脚下的是一位甚至比阳光还要漂亮的王子。王子正在感谢她为他解除了魔法。

虽然这位王子十分吸引她，但是她仍然问怪兽去哪了。"他就在你的脚下。"王子对她说，"以前一个恶毒的仙女把我变成了一头怪兽，这个模样要一直延续到出现一个美丽的姑娘同意嫁给我为止。并且仙女还禁止我展示自己的才智。世界上只有你这样好心的人才会被我的善良性情所感动。即使我把王冠献给你，也永远报答不了你给我的恩情。"

美妞又惊又喜，于是伸手搀扶起美丽的王子，他俩一起进入了宫殿。美妞还在大厅里见到了她的父亲以及家里所有的人。她十分的快乐。他们都是被那位美妞所梦见过的美丽的仙女接到王宫里来的。

"美妞，"这位善良的仙女说，"比起聪明和漂亮来，你宁愿选择高尚的品德，现在你得到了你应得的报偿：你有了一位品德完美的丈夫，而且你即将会成为一个非常出众的王后。我希望你做了王后以后不要失去你的美德。"

"你们两位呢，"仙女对美妞的两个姐姐说，"正是由于你们心肠太坏，现在就让你们变成两尊石像，永远站在你们妹妹的宫殿门前。并且你们的意识还保存在石头下面，就这样，我不给你们增加其他的苦楚，就让你们作为她幸福的见证人。只有你们认识了自己的错误，才能恢复到原来的形体。不过，我怕你们永远都会是这样的石像。人们可以纠正愤怒、骄傲、懒惰和馋嘴，然而要把一副忌恨人的坏心肠纠正过来，那还真不容易呢！"

仙女敲了一下手中的仙杖，于是大厅里所有的人都立刻被送到了王子的国度里。王子的下属高兴地前来迎接他。然后王子与美妞举行了婚礼。以后，他们建立在美德上的幸福让他们感到特别充实与踏实，他们幸福地生活在一起，长长久久。

小红帽

　　在很久很久以前，有一个谁见了她都非常喜欢的漂亮姑娘。她的祖母也非常疼爱她，并送给她一顶红色的天鹅绒做的帽子，她戴上后就更加漂亮了，所以大家都叫她"小红帽"。

　　一天天气很好，母亲对她说："小红帽，你去给祖母送蛋糕和葡萄酒吧。她病了，要是吃了这些就会好起来。不过路上你一定要小心，千万不要离开大路，更不要东张西望。你要记住！看见祖母一定要问好。"小红帽对妈妈说："好的。"就带上东西高高兴兴地出发了。

　　小红帽的祖母住在离村子大约有半小时路程的村外的森林里。可是小红帽刚一进森林，就遇到了一只狼。然而小红帽却不知道这是一只极其残忍的野兽，她对狼丝毫没有防备。这时狼趁机向她问好，"小红帽，你好啊！"

　　"你好！"小红帽答道。

　　"这么早这是要去哪儿，小红帽？"

　　"我要去祖母那儿。"

　　"你围裙里装的是什么东西？"

　　"葡萄酒和蛋糕。是我和妈妈昨天烤的，因为祖母生病了，身体很差，所以我带这些东西帮她恢复身体。"

　　"那么你祖母住在哪儿啊，小红帽？"

　　"就住在离这里还有十五分钟路程的森林里。那里三株大橡树下面的房子就是她的屋子，屋子四周是胡桃灌木丛，到了那里之后你就会明白了。"小红帽说。可是狼心怀鬼胎，此时狼心里就开始暗暗计划着："这个可爱的小家伙，她的肉一定很肥，吃起来一定很好吃，我要想办法把她和祖母一起吃掉才行。"狼一边这么想，一边陪小红帽走了一会儿。就在这时，狡猾的狼想出了一条诡计。狼对小红帽说："小红帽，那看周围都是美丽的鲜花，你怎么不到周围去转转呢？我敢说，你肯定没听过小鸟儿悦耳动听的歌声，你只知道走自己的路，像去上学一样，其实你都不知道那边的森林里是非常好玩的。"

天真的小红帽瞪大眼睛，抬头看见太阳的光线穿过树木缝隙，一会儿亮，一会儿暗的，周围真的长满了美丽的花草。

小红帽想："要是我带上一束美丽的鲜花给祖母，她一定会很开心的。反正现在时间还早，我肯定来得及赶到那儿的。"于是她就离开大路，转到森林里去找。可是她每采到一朵花，就觉得，也许再远一点的地方会有更加漂亮的鲜花，她就向更远的地方奔去。就这样，不知不觉中她已经走进了森林的深处。看到小红帽已经越走越远，狼便撒腿跑到祖母家，"当、当、当"地敲门。祖母问："谁啊？"狼就学着小红帽的声音说："我是小红帽，给您送点心来啦！""可是我生病了没法起来，你自己推开门进来吧！"狼推开门后，就悄悄地走到祖母床前，一口就把她吞了下去，它换上祖母的衣服，戴上她的帽子，躺在她的床上，静静地等待着小红帽的到来。

到处跑着摘花，直到摘完一大把，实在拿不动了的小红帽。这时才想起该去祖母家了。她又走回到大路上，然后向祖母家走去。到了那里见门开着，就感到很好奇，于是她叫道："早上好！"可是没有人回答。她走到床边伸手拉开了帐子，看到祖母躺在那里，可是帽子戴得特别低，都遮住了脸，样子显得非常奇怪。

"啊，祖母，你的耳朵怎么变得这么大啊？"

"耳朵大，是为了听清楚你说的话啊！"

"你的眼睛怎么也这么大啊？"

"眼睛大了，才看见你来呀！"

"为什么你的手也变得这么大啊？"

"手大了，才能好好抓住你啊！"

"为什么你的嘴也那么大啊？"

"嘴大了才能把你吞下去。"说完，狼立刻跳下床把小红帽吞了下去。

狼吞掉祖孙二人之后，感觉吃饱了，心里非常满足，就躺在床上睡着了。很快就大声打起鼾来。这时，一个猎人正巧经过这里，惊人的鼾声引起了他的怀疑，他心想："屋里老太太打鼾的声音怎么会这么大，我想我应该进去看看她是不是身体不舒服。"

想到这他走进屋里，却意外地发现床上躺着的竟然是一只狼。

"我终于找到你了，你这个坏蛋，"猎人想，"找你我可是花了好长时间呢。"

当猎人举枪正准备瞄准时，他突然想起，狼很有可能已经把老太婆吃了，也许她还活着，所以现在还不能开枪。他拿起剪刀剪开了熟睡的狼的肚皮，刚剪了几刀，猎人就看见了一顶小红帽，他又剪了几下，小红帽便从狼肚子里跳了出来，紧接着，老太婆也从狼肚子里爬了出来。聪明的小红帽从外面捡了很多大石头，填到了狼肚子里。狼醒后，看见猎人就想马上逃跑，可是肚子里的石头太重了，挤碎了心脏，最后狼就这样倒在地上死了。

大家都非常高兴，因为害人的狼死了，人们都得救了。猎人剥了狼皮带回家去，祖母吃了小红帽带来的蛋糕和葡萄酒，身体很快就恢复健康了。

从那以后，小红帽心想："如果母亲不允许，她再也不敢一个人离开大路，进入森林了。"

除此之外还有人讲了另外一件事，有一天，小红帽又去给祖母送蛋糕，另外一只狼对她说，让她离开大路，到森林里去。可是这一次小红帽早有防范，她只管走自己的路，根本不理睬狼。后来她又碰到了一只狼，狼还向她问好，可是这次她从狼的眼里看见了凶残。她说："还好我没有离开大路，要不它早就把我给吃掉了。"到祖母家后，小红帽就把这件事情告诉了祖母，"来吧！"祖母说，"我们把门关上，它就没法进来了。"

过了没多久，狼真的来敲门了，大声说："请开门，祖母，我是小红帽，我给您带来了蛋糕。"

她们在屋里都没有说话，也没有去给狼开门。于是这只狼绕着屋子走了好几圈，最后爬到屋顶上去了，它想等小红帽傍晚回家的时候，跟踪她然后在没人的地方把她吃掉。祖母早就看穿了恶狼肚里的鬼主意。祖母的屋前正好有个大石槽，于是祖母对小红帽说："小红帽，你去拿个水桶过来，拎点水倒进石槽里，昨天我煮过腊肠，你把腊肠的水倒进这个石槽里。"

小红帽很听话，拎了很多桶水，直到把大石槽装满。腊肠的香味飘到了狼的鼻子里，它向下闻闻嗅嗅，左顾右盼，最后使劲伸长脖子，结果因为脚下没有站稳，就从屋顶上滑了下来。就这样，它就从屋顶上刚好滑到大石槽里淹死了。

狼淹死了，小红帽安然无恙地回到了妈妈身边，因为小红帽很聪明，所以从此再也没有狼想伤害她了。

仙　女

很久很久以前在某一个美丽的村镇里住着一个寡妇，人人都知道她一共有两个女儿。见了大女儿，就如同见了她的妈妈，因为大女儿的脾气和相貌简直跟她妈妈一模一样，她们两个都非常惹人讨厌，又都特别傲慢无礼，任何人都没法和她们相处。而小女儿呢，她很像她的爸爸，特别诚实和温柔。她长得也很美，是个少见的漂亮姑娘。

俗话说的好，物以类聚，人以群分。这位妈妈对小女儿恨得要命，她只允许小女儿在厨房里吃饭，还要叫她一直干活，可对脾气很差的大女儿却特别疼爱。

小女儿，这个可怜的姑娘除了做其他的事情外，每天还要两次去半里外的地方去打水，要从那里把满满的一桶水提回家来。

一天，当她正在泉边取水的时候，突然有一个可怜的老妇人走来向她讨水喝。"好的，可怜的老妈妈。"美丽的姑娘说着，马上把水桶洗干净，从泉中最清澈的地方打了一桶，递给她喝。当老妈妈喝的时候，她还一直用手托着水桶，以便让老人喝起来更加方便。

老妇人喝完水后就对她说："你那么漂亮，又那么善良和诚实，因此我一定要送你一件礼物，（其实她是一位仙女，装扮成一个可怜的乡村老妇人，来试探一下这位姑娘到底有多么善良。）也就是能够让你有这样一种本领：你每说一句话时，你会从嘴里吐出一颗宝石或者一朵鲜花。"

姑娘回到家里，妈妈嫌她回来晚了，就凶狠地骂起来。

"妈妈，请你原谅我耽误了这么久。"可怜的女孩子说。

她一边讲着这些话，一边从嘴里吐出了两朵玫瑰花、两大颗钻石和两粒珍珠。

"我到底看见什么啦?"妈妈惊讶地喊起来,"啊,竟然从你嘴里吐出钻石和珍珠来了!你为什么会有这样的本事呢,我的女儿?"(那是她第一次叫她女儿)

于是诚实的女孩老老实实地向她讲了事情经过。她说着说着就又吐出了很多钻石。

"这么样的话,我该叫我的大女儿赶紧到那里去。"妈妈说,"芳琼,你快来,看你妹妹说话时都吐出什么来了。你如果也有这样的本领,那该多好啊!"

"你快到泉边打水去,如果有一个可怜的老妇人向你讨水喝,你只要真诚地把水递给她就行了。"

"谁乐意到泉边去!"大女儿非常粗鲁地回答。"我让你去,马上就去!"妈妈说。

于是,虽然大女儿一直嘟嘟囔囔地抱怨个不停,还是带了家里最精美的一个银瓶到泉边去了。

她刚走到泉边,就遇见一位穿着华丽衣服的贵妇人,其实这就是曾经在她妹妹面前出现过的那位仙女,这次她装扮成了公主,来试探这个姑娘到底有多么的无礼。贵妇人沿着树林走过来,向寡妇的大女儿讨水喝。

"难道我来这里是为了让你喝水的吗?"大女儿粗鲁无礼地说,"还好,我专门带来了一个银瓶让你可以喝水。算了吧,如果你要喝就喝吧!"

大女儿的话非常无礼,但是仙女并没有生气。"你的话不是真诚的。"仙女说,"那好吧,既然你如此地没有礼貌,那我就送你一件礼物,也就是当你每说一句话时,你就会从嘴里吐出一只癞蛤蟆或者一条毒蛇。"

她的妈妈看到她回来了,说道:"怎么样啦,我亲爱的女儿?""哦,妈妈!"这个粗暴的人一说话,便从嘴里吐出了两只癞蛤蟆和两条毒蛇。

"噢,我的天哪!我到底看见什么啦?一定是你妹妹害了你,我一定要找她去算账!"妈妈惊叫起来,立刻就把小女儿拉来狠狠地打了一顿。

可怜的姑娘逃出了家后来到了附近一座树林里，遇见了正好打猎回来路过林子的王子。王子见她特别美丽，便问她为什么独自一人在树林里哭泣。

"是这样的，先生，妈妈从家里把我赶出来了。"

当王子看到从姑娘嘴里吐出了五六粒钻石和五六颗珍珠时，非常惊奇。于是他便问姑娘为什么会有这样的本领，于是姑娘就把自己的奇遇告诉了王子。王子便深深地爱上了这位善良美丽的姑娘。他想，姑娘的这个本领比他跟其他任何的女子结婚所得到的一切都还要珍贵。于是他把姑娘带到了宫中，并与她结婚了。

因为所有人都讨厌这个坏心肠的姐姐，所以连她的妈妈都把她赶出去了。虽然她去了那么多的地方，但没人愿意理她，最后只能孤零零地死在了森林的角落里。

穿靴子的猫

　　很久以前有一个磨坊，这个磨坊的主人还算富裕，他除了三个儿子、一座磨坊和一头毛驴以外，还有一只大猫。儿子们的任务是磨面，毛驴的任务是拉来麦子，拉走面粉，猫的任务是抓耗子。后来磨坊主去世了，三个儿子继承了他的财产，大儿子得到了磨坊，二儿子得到了毛驴，而小儿子只得到了那只猫。

　　分到猫的小儿子十分不满，忍不住唠叨："我居然分到这个没用的东西。大哥能在磨坊里磨面，二哥能够用他的毛驴，我能用这只猫做什么呢？大不了，我用它的皮做两只皮手套。""不行！"公猫听懂了他说的话，它突然说话了，"你不能把我制成手套，你只要按我说的去做，你立刻就能得到益处。"

　　这只猫让小儿子帮它做一双靴子。磨坊主的小儿子惊讶于他的猫居然能说话，恰巧有个鞋匠路过他家，他就把鞋匠叫进屋，让鞋匠为猫做了两只靴子。靴子做完了，猫立刻穿上靴子，还拿来一个口袋，放进一些粮食，用一根绳子绑住袋口，接着它拿起口袋，像人一样站直身子走出家门。

　　当时国家的国王对鹌鹑非常着迷。可是鹌鹑十分机警，所以非常难捉。虽然一望无际的森林中有很多鹌鹑，可是没有谁能靠近它们，更谈不上抓住它们了。

　　知道这个情况后的公猫，立刻计上心来。它来到林中，把口袋摊开，露出粮食，却将绳子藏在草里，一直拉到一棵小树后面。接着，它藏在小树后面，左右监视，注意听附近的声音。没过多久，一群鹌鹑飞过来了。

它们看到了粮食，陆续飞入口袋。口袋里的鹌鹑越来越多，公猫立刻拉紧绳子，猛地扑过去抓住了它们。

然后，公猫背着口袋，走向王宫。侍从对它大叫道："站住！要去什么地方？""去拜访国王。"公猫立刻说。"你不想活了吗？就你这么一只老猫，也能拜访国王吗？""就让它进去！"此时另一个侍从说，"国王不是总感觉没意思吗？说不定这只猫能用它的叫声，让他高兴一下呢。"于是穿靴子的猫就走到了国王身边，他行了一个大礼，说："我的主人，卡拉伯爵"——此时它说出一个非常光荣的姓氏，"问候国王，并且吩咐我给您送来这些他刚抓住的鹌鹑。"国王看见鹌鹑十分惊讶，同时也十分开心。于是国王命令属下把国库中的黄金放进公猫的口袋，一直到公猫快背不动时才停手，同时说："请代我向你的主人表示感谢，并且将这些黄金送与你的主人。"

而此时正坐在窗旁，托腮沉思的是谁呢？自然是可怜的小儿子了，他为了给猫口袋和两只靴子花完了所有的钱，但他不知道自己能得到什么。就在这时公猫已回到了屋里，把袋子放在地上，拉开绳子，将黄金倒在他脚下，说："这就是用靴子换来的。国王还向你致意，并且感谢你呢。"小儿子特别开心，可很奇怪怎么突然变成有钱人了。公猫脱靴子时向他叙述事情的经过，而且还说："虽然你现在有这么多钱，但不能满足于此，明天我还得穿着靴子走一趟，让你得到更多的金子。还有我已跟国王说了，你是一位伯爵。"

公猫言出必行，第二天他再一次穿着靴子去抓了很多鹌鹑送给国王。就这样一天又一天，它每天都会带回一些金子。并且，国王特别喜欢这只穿靴子的猫，特许它能够随意出入王宫。

穿靴子的公猫，一天它来到国王的厨房，蹲在灶边烤火，碰巧撞上马车夫走过来，气冲冲地说："要是国王和公主都死去就好了！我打算到饭店去喝一杯，玩玩牌，他们却非要我驾车带他们到湖畔游玩。"

听了车夫的话，公猫立即跑回到家通知主人："如果你想要成为伯爵与富翁，就请跟我一起到湖畔去，到湖中洗澡。"小儿子不知道为什么要这样做，但他听从了公猫的话，随着它前往湖畔，把衣服脱掉跳进湖里。公猫拿起他的衣服，并且把衣服藏到很远的地方。刚放好衣服回来，国王就坐着车到了，公猫立刻开始装出十分伤心的样子，说："唉哟，最善良的国王呀！我的主人，他在湖中洗澡，突然来了一个强盗，把他放在湖畔的衣服给抢走了，此时我的主人他不能上岸了，如果不立刻想办法救他，他肯定会被淹死的！"国王一听立刻命令停车，让一个侍从到王宫里拿来一套自己的很漂亮的衣服给小儿子穿上。另外国王也认为那些鹌鹑是他抓的，本来就非常欣赏他，于是请他上了自己的马车。公主看小伙子很潇洒，心里十分中意，因而也高兴和他坐在一起。而公猫却早早跑到他们前面去了。

跑到国王一行人前面的公猫，来到一片大草地上，那里有一百多人在割草。"这片草地的主人是谁，朋友们？"公猫问。"大魔法师。"人们回答。"请听好了，国王稍后就到，如果他问这片草地是谁的，你们就说：伯爵！如果你们不这样回答，就会没命的。"说完它又继续赶路，在一片无垠的麦田里，有两百多人在收割麦子。"这些麦子的主人是谁，朋友们？""大魔法师。"人们回答。"请听好了，国王稍后就到，如果他问这些麦子的主人是谁，你们就说：伯爵！如果你们不这样回答，你们就会死。"公猫继续往前走，碰到了一片茂密的树林，那里有三百多人在采伐挺拔的橡树，加工木材。"这片树林的主人是谁呀，朋友们？""大魔法师。"伐木人说。"请听好了，国王稍后就到，如果他问这片树林的主人是谁，你们就说：伯爵！如果你们不这样说，就会没命的。"

人们都注视着大步往前走的公猫，因为它看上去很特别，穿着靴子，就像人一样气势不凡地走着，所以大家看了都非常害怕。

穿靴子的公猫很快便来到魔法师的宫殿门前，鼓起勇气走了进去，一直走到魔法师身边。魔法师不屑地看着它，问它想做什么。公猫深深地鞠了一躬，说："据说你能够随心所欲地变成各种动物，我不怀疑你能够变成狗、狐狸、狼，可是怀疑你是否能够变成大象。所以，能让我开开眼界吗？"魔法师傲慢地说："小意思。"说着他已变为一头大象。"太了不起了！但你能够变为狮子吗？""当然。"魔法师说看立刻就变成一只雄狮。公猫假装非常害怕，大叫道："这简直太神奇了，真是闻所未闻啊，可是，如果你还能变成一只老鼠之类的小动物，那才厉害呢。我才能肯定，你是人间最厉害的魔法师。可是也许变老鼠这也太为难你了吧。"听了这些话，魔法师非常得意，他说："注意看，亲爱的小猫咪，这难不倒我。"刚说完，屋内出现了一只跑来跑去的小老鼠。公猫立刻一把抓住老鼠，把它吃了。

此时，坐车往前走的国王一行首先到了那片大草地。"这片草地属于谁？"国王问。"伯爵。"人们规矩地按公猫的嘱咐回答道。"您的土地真不错啊，伯爵先生。"国王说。没过多久，他们到了麦田旁。"这些麦子的主人是谁呀，朋友们？""伯爵。""嗨！伯爵先生，您的土地真肥美啊！"接着马车又驶到了树林前。"这些木材的主人是谁呀，朋友们？""伯爵。"国王更加吃惊地说："您太富有了，伯爵先生；您的树林如此旺盛，与此相比，我的树林逊色多了。"最后，他们来到宫殿前，公猫正站在台阶上等候，看到车，就从台阶上跳下来迎接，打开车门说："国王，您现在就站在我主人的宫殿门口。他对您亲自光临感到非常荣幸。"国王下了车，惊讶于伯爵的王宫比他的宫殿不知要大多少倍。伯爵呢，正与公主携手踏上了台阶，走进那黄金和宝石熠熠生辉的大厅。

伯爵跟公主结婚后不久，老国王就离开了人世，自然伯爵成为了新国王。

女神与灰姑娘

　　这个故事发生在很久很久以前，从前有一个结了两次婚的绅士，他的第二个太太是一个特别傲慢的女人。她还有两个女儿，她们的性格和脾气跟她们的妈妈一模一样。绅士的前妻也有一个女儿，她非常温柔、无比善良，这是因为女儿传承了她妈妈的品质——她的妈妈是世界上最善良的人。

　　可是绅士的前妻死后，继母就来到了家里。不久她就开始发脾气了：她不能容忍这个女孩子的善良，因为她的好品质使她自己的两个女儿显得越来越可恨了。她叫那个女孩子做家里所有的活：洗餐具、刷楼梯、打扫她和她两个女儿的卧室。晚上，就让她睡在房顶尖角的阁楼上，用一点点稻草当被子；而她的两个姐姐们，却住在特别漂亮的房间里，那里摆着最流行的床和从头到脚都能照见的衣镜①。可怜的女孩子只能默默地忍受着痛苦，不敢告诉她的爸爸。因为一旦她说出来，爸爸一定会骂她，因为爸爸是完全任由继母摆布的。

　　每次干完活，女孩子就坐在壁炉旁边的灰堆上，人们因此便叫她"灰屁股"。她的二姐没有大姐那么粗暴，就把她叫作"灰姑娘"。尽管穿得很破，但是灰姑娘还比两个服饰华丽的姐姐漂亮很多。

　　国王的儿子一次要举行舞会，并邀请所有的贵人参加。两个姐姐也被邀请了，因为她们也是出身贵族。她们特别高兴，整天忙着挑选最漂亮的衣服和首饰。这可害苦了灰姑娘，当那两人只忙着谈论着穿戴式样时，她

---

　　① 这种镜子在当时是贵重稀有的物品。

要整理她们的衬衫，还要在袖口上浆。

"我呀，"大姐说，"我要穿那件天鹅绒舞裙，再搭配上英国花边。"

"我呢，"二姐说，"我只穿普通的裙子，但是一定要披上那件金花外套，再配上钻石头带，那就肯定会招人喜欢了。"

继母请来了高级理发师，帮她们设计最新式的发型，同时还买来了精制的假痣。她们把灰姑娘叫来，问她是不是好看，因为她有很好的审美观。灰姑娘出了很多好主意给她们，甚至还主动帮她们梳头。她俩十分满意。梳头的时候，她们对灰姑娘说："灰姑娘，你也想去参加舞会吗？""哎呀，我的姐姐们，你们是在嘲笑我吧？这不是我能去的地方呀！""可不是吗，灰屁股参加舞会，还真是个大玩笑！"

听到这么刻薄的话，要是换了别人，早不给她们梳了，可是好心的灰姑娘仍然把她们的头发梳得特别漂亮。

因为舞会，两个姐姐整天都眉开眼笑的，甚至两天没有吃饭。她们为了把腰弄得更细，用了很大力气拉断了一打腰带。她们从早到晚都在对着镜子一直打扮。终于那天来到了。两个姐姐去参加舞会了。

灰姑娘久久地凝视着她们离开，直到看不见她们为止。可后来她哭了。她的教母见她偷偷流泪，过来问她哭什么。

"我好想……我好想……"她哭得特别伤心，连话都说不下去了。

其实教母的真实身份是个仙女。她对灰姑娘说："你特别想去参加舞会，是不是？"

"嗯，是呀！"灰姑娘说完，叹了口气。

"那这样吧，"教母说，"我可以送你到那里去。"

她把灰姑娘带到她的房间里，说："你去花园里取一个南瓜来。"灰姑娘立刻到花园里摘了一个最好的南瓜，给了教母。她猜不出南瓜如何帮助她参加舞会。教母把南瓜弄空了，只剩下外壳，随即用仙杖一点，南瓜立刻变成了一辆金光闪闪的马车。然后，她看了看捕鼠笼，发现里面有六只可爱的小老鼠。她叫灰姑娘把笼门打开，当这些小老鼠出来时，她又用仙杖一点，每只小老鼠都变成了一匹骏马。于是六匹美丽的带有鼠灰色斑纹的大马组成了一个漂亮的马队。可是到哪里去找一个车夫呢？教母正在困惑，灰姑娘说："我去找个大捕鼠笼，看能否把里面的老鼠变个车夫。"灰姑娘把大捕鼠笼取来了，里面有三只大老鼠，其中一只长着长须。仙女就选了那一只，用仙杖一点，它马上就变成了一个胖胖的车夫，嘴边蓄着特别好看的胡子。

她紧接着对灰姑娘说："你到花园的水缸后面给我捉六只壁虎来。"灰姑娘把壁虎捉来了，教母马上就把它们变成了六个仆人。他们穿着漂亮的红色衣服，跟在马车后面，诚恳地侍候着，仿佛就是专干这一行的。

仙女对灰姑娘说："行了，有了这一切，你就可以参加舞会去了，高兴吗？"

"我真高兴。但是，我的衣服还是破破烂烂的呢。"

教母告诉灰姑娘别急，说着用仙杖在灰姑娘身上轻轻一触，灰姑娘马上就披上了缀满宝石的裙子。她接着又给了灰姑娘一双世界上最美丽的羽绒鞋。灰姑娘打扮好后，就上了马车。教母叮嘱她必须在十二点以前离开舞会，并且告诉她，如果超过时间，马车还会变为南瓜，骏马要还原为小老鼠，仆人将变回壁虎，她身上穿的也将依旧是破衣服。灰姑娘承诺一定在夜半以前离开舞会，然后就兴高采烈地上了路。

不知是谁给王子通知，说有一位陌生的漂亮公主来到。他立即跑出去迎接，亲手扶公主下了马车，然后把她迎到舞厅里。大厅里顿时安静了下来，跳舞的人们不再跳了，小提琴也不再响了。人人目不转睛地盯着这位不知名的姑娘的惊人美貌，大厅里听到的只有那轻轻的赞美声："啊，她是多么美丽！"

连已经年老的国王也不禁欣赏起来，同时低声地对王后说，他已经很久没有见过这么标致可爱的女孩子了。所有的贵妇人都专心地看着她的头饰和衣裳，决定要在第二天仿制，如果能买到足够精美的布料和请到高级的裁缝的话。王子请公主坐在最尊贵的位子上，然后请求和她跳舞。她跳得特别优雅多姿，大家更加赞赏不已。丰盛的筵席摆上来了，年轻的王子尝都没尝，因为他被公主的美貌吸引住了。公主到两位姐姐的身边坐下，待她们特别好，还把王子给她的橙子和柠檬分给她们两个人。两位姐姐感到特别惊奇，因为他们根本认不出她。

美好的时光总是过的特别快，待时钟敲响了十一点三刻，灰姑娘立即向满座宾客深深地行了个再见礼，迅速地离开了。她回家后就去找教母。她谢过教母后，说第二天还想再去，因为王子又邀请了她。灰姑娘正向教母讲述舞会经过，突然传来了两个姐姐的敲门声，她便出去开门。

"你们怎么这么晚才回来啊！"她一边说，一边假装揉着眼睛打呵欠，还伸了个懒腰，如同刚从梦中醒来一般。实际上，自从她俩出门以后，她一直都没有睡过。

"要是你也在舞会上，你就不会那么困了。"其中一个姐姐说，"那里来了一位我们从未见过的最漂亮的公主。她待我们可好了，还给我们橙子和柠檬呢。"

听到这，灰姑娘心里高兴极了。她问姐姐那位公主的名字是什么，姐姐说，大家都不知道，王子还为这事烦恼呢，为了知道她的名字，他宁愿放弃自己的一切。"那么，她一定很漂亮了？"灰姑娘微笑着说，"啊，你们真幸运！我也能见到她吗？嗨，雅伏特小姐，能把你每天穿的那件黄裙子借给我吧！"可雅伏特非常傲慢地回答："哼，瞧你说的！"雅伏特小姐说，"要是把我的衣服借给这么个灰屁股，除非是我发疯了！"

其实早就知道她会这样说，灰姑娘反而感到很轻松。如果姐姐真的把衣服借给她，她反而会感到很为难了。两个姐姐第二天又来到舞会，当然灰姑娘也去了。她打扮得比第一天还要漂亮。王子一直都在她身边，不停地跟她说着温情脉脉的话。年轻的姑娘陶醉了，连教母的嘱咐都忘了：她以为那时还不到十一点，谁知道时钟已敲了十二下。她赶紧站起来，像一头小鹿一样匆匆地离开了。王子紧紧地追赶在后面，但还是没有追上。路上，她不小心掉了一只羽绒鞋，被王子捡到并收藏起来了。灰姑娘回到家里，几乎都喘不过气了。马车和仆人都消失了，身上穿的依旧很破。所有华丽的服装都已经不见了，只剩下一只羽绒鞋，一只和半路上掉下的一模一样的羽绒鞋。国王询问宫廷卫士有没有见到一位公主出门，卫士们说只见到一个穿得很破的年轻姑娘跑了出去，那姑娘与其说像一位小姐，不如说更像个村姑。

舞会散了后，两个姐姐从舞会回来了。灰姑娘问她们玩得高兴吗，那位美丽的公主有没有去。她们告诉她说公主来了，可是十二点钟刚到，她就突然急忙地离开了。她跑得那样急，连世界上最美丽的羽绒鞋掉了一只都不知道。王子只顾欣赏捡到的这只鞋，再也不跳舞了。不用想都知道，他已经深深地爱上那位穿羽绒鞋的公主了。

她们的话果真就得到了证实。过了几天，王子请人吹吹打打地宣布：如果哪个姑娘能穿上那只羽绒鞋，他就会和她结婚。人们拿着这只鞋先让所有的公主试穿，然后再让所有的女爵试穿，最后试遍了宫廷里所有的小姐，全都是白费力气。后来人们把鞋拿到灰姑娘的两个姐姐那里，两个姐姐用尽所有的气力，想把脚塞到那只鞋里，但也只是白白地辛苦了一场。灰姑娘看到她们试穿，认出这是她的鞋，就笑着说："让我也试试吧，看能不能穿上！"听灰姑娘这么说，她的两个姐姐便讪笑起来，嘲笑她。

但是王子派来的试鞋官仔细看了看灰姑娘，觉得她非常美丽，就说他收到命令，可以让所有的女孩子都可以试。他请灰姑娘坐下，把羽绒鞋拿到她小小的脚边。灰姑娘毫不费力地就穿上了，不大不小，特别合适。然后两个已经特别惊讶的姐姐更加吃惊的是，灰姑娘从口袋里又取出另一只羽绒鞋，穿到了另一只脚上。

恰在这时，教母也来了。她用仙杖在灰姑娘身上一点，灰姑娘就披上了比以前更加漂亮的衣裳。两个姐姐这时才意识到她们在舞会上见到的美人就是灰姑娘。她们跪在灰姑娘脚下，请求她原谅她们过去对她的虐待。灰姑娘把她们扶起来，并拥抱她们，并说她已经原谅了她们，并且要她们永远爱她。

装扮好以后的灰姑娘，与年轻的王子相见了。王子觉得她从来没有这样美，过了几天，相爱的两个人就结婚了。

既美丽又善良的灰姑娘把两个姐姐接到宫中去玩，并且把她们分别嫁给了两位贵人。

蓝胡子

　　以前有一个不幸的人，这个人的嘴边长着一撮蓝色的胡子。他在城里和乡下都有很多非常漂亮的房子；他还有很多金银餐具，各种精雕细刻的家具和好多辆金光闪闪的马车。然而不幸的是，因为他的胡子把他弄得特别丑陋，也特别可怕，所以女人们和姑娘们一见到他都赶紧躲得远远的。

　　一位高贵的夫人带有两个非常漂亮的女儿，就住在他的隔壁。蓝胡子告诉这位夫人，他想跟其中的一位女儿结婚，谁都行，可以由母亲决定。可是两个女儿谁都不愿意，她们互相推托，怎么都不肯嫁给一个长着蓝胡子的男人。更令她们感到厌恶的是，他已经娶过好几个妻子了，而且这些妻子一直下落不明。为了认识这两个女孩，蓝胡子把她们和她们的妈妈，她们的几位好朋友，和邻近的几个年轻人，都请到乡下的一所别墅里。他们在那里住了整整一星期，每天就是散步、打猎、钓鱼、跳舞以及吃饭。他们一直都不睡觉，整夜地玩耍。这些活动都进行得非常顺利，妹妹不久之后就觉得主人的胡子没有那么蓝了，进而认为他是一个特别正直的人。当大家回到城里后，他们两人竟结婚了。

　　当两个人结婚一个月以后，蓝胡子对妻子说，他要做一笔大生意，因此不得不去外地旅行，至少需要六个星期。他还说，在他出门的时候，她可以尽情娱乐，约请她的女友们来玩，高兴时也可以带她们到乡下去玩。无论去哪里，她都可以吃最好的饭菜。"这是家具贮藏室的钥匙。"他对妻子说，"这是平常不经常用的金银餐具柜以及我的几个首饰箱的钥匙；这一把呢，是能开每个房间的万能钥匙。还有一把小钥匙，是开地下室走廊尽头小房间的门的。你可以随便打开和进入所有地方，但是不许到那个小房间去。我不准你到那里去，如果你把它打开，我会非常生气的。"妻子答应切实遵照丈夫的叮嘱去做。丈夫吻别妻子后，就登上马车，出发去旅行了。

邻居和女友们都已经迫不及待了，她们希望见识一下蓝胡子家的豪华陈设，巴不得受到新娘的邀请。平时大家不敢到她家里来，因为蓝胡子在家，大家都害怕他的蓝胡子。现在她们一进门就争先恐后地参观各间卧室、书房和衣帽间，发现一间比一间漂亮，一间比一间阔绰。后来，她们来到家具贮藏室，她们看到了无数精美的地毯、床、安乐椅、软沙发、独脚茶几以及其他桌子，还有从头到脚都能照到的大穿衣镜，这些镜子都镶着他们从来没有见到过的玻璃的、镀金的或银的华丽边框，这一切都让她们眼花缭乱。她们一直都在赞美和羡慕新娘的幸福生活，但是，新娘对观赏这些财富一点都不感兴趣，她急着想去看一下地下室的那个小房间。

因为受到强烈的好奇心的驱使，于是她不顾失礼而离开了客人，慌慌张张地从一个隐蔽的楼梯走下去，好多次差点儿摔下去。

她在小房间门口时，她犹豫了一会儿，因为她想起了丈夫的禁令。她想，如果不服从丈夫，可能会招致灾难。可是，她最后还是拿出了那把小钥匙，哆嗦着把房间的门打开了，她实在是不能克制想进去看一看的强烈欲望。

她一开始什么都看不见，因为室内的窗子紧关着。一会儿之后，她慢慢看清地板上有一些血迹，血迹上面映出了好几具被捆绑着而躺在墙角边的女人的尸体。她们都是蓝胡子的前妻，是蓝胡子把她们杀死的。她特别害怕，手里那把刚开完门的小钥匙突然滑到了地上。她定了定神，捡起钥匙，重新锁上门，之后回到自己的卧室里，想平静一下。但是，她的感触是那样强烈，心情怎么也平静不下来。

就在她还惊魂未定时，她发现钥匙上沾上了血迹。她就用布擦了几次，但是没能把它擦去。她又用水洗，可还是洗不掉。她甚至用沙子和陶土都没法把它磨去。当你在一面清除了血迹，另一面上又会显现出来。原来这把钥匙是有魔力的，是没法把它弄干净的。

很不幸，蓝胡子说是他在中途收到几封信，说他准备去做的那笔生意已经顺利达成了。所以蓝胡子那天晚上就回来了，他的妻子尽最大努力向他表示，对他那么快回来感到特别高兴。第二天，蓝胡子问她要钥匙。她把钥匙递给他时，手颤抖得特别厉害，蓝胡子立即就明白怎么了。

"那把小房间的钥匙呢，怎么不和这些在一起？"他问。

"噢，我肯定是把它忘在楼上桌子上了。"她说。

"马上给我拿过来！"蓝胡子说。

经过很长时间的迟疑，她才把钥匙取来。蓝胡子一看，对她说：

"钥匙上为什么会有血迹？"

"我也不知道。"可怜的妻子说，脸色变得如同死了一样苍白。

"你不知道吗？"蓝胡子说，"哼，我知道，是你很想进那个小房间去吧。那行，夫人，你也进去吧！到你见到的那些女人身边去找你的位子吧！"

可怜的妻子害怕极了，她马上哭着跪倒在丈夫的脚下，并请求饶恕她因为没有遵从丈夫的嘱咐而犯下的罪，并再三保证以后决不再犯。尽管她是如此的美丽，又是那样的伤心，即使是铁石心肠也会被感动的。可是蓝胡子的心竟比铁石还要硬。

"你只能死，夫人，而且马上就去！"蓝胡子对她说。

"既然我一定得死，"她含着泪水望着他说，"那就让我祈祷一下吧。"

"那给你 15 分钟，"蓝胡子说，"多一分钟也不行！"

她离开蓝胡子后，便把她的姐姐叫来了，对她说："安娜姐姐（这是她姐姐的名字），我求你快点上去，快到塔楼上去，看一看哥哥们回来了没有，他们说过今天会来看我的。你要是看见了他们，就立刻告诉他们，叫他们赶快到这里来。"

安娜姐姐于是就上了塔楼。伤心又可怜的妹妹不停地向她问道："安娜姐姐，安娜姐姐，有人来了没有？"安娜姐姐告诉她说："我只看见太阳在闪着金光，青草吐着嫩绿，别的什么都没有看见。"

这时，蓝胡子拿着一把大刀，凶狠地叫道："快下来，不然我就上楼去了!""再等一会儿吧,我求求你了。"妻子答道。于是她又轻轻地喊道:"安娜姐姐,有人来了吗?"安娜姐姐说:"我只看见太阳在闪着金光,青草吐着嫩绿,别的什么都没有看见。"

这时蓝胡子又喊起来:"快给我下来,要不我就上楼去了!""马上就来了!"妻子回答道。然后她又叫:"安娜姐姐,安娜姐姐,还没有人来吗?""我看到远处扬起一团尘土……"安娜姐姐说。"应该是哥哥们吧?""哎呀,不是的,妹妹!是一群绵羊……"

"你还不想下来吗?"蓝胡子大声嚷着。"噢,就来了!"妻子说。随后她又叫道:"安娜姐姐,安娜姐姐,还是没有人来吗?""我看到两个骑士来了,可是离这儿还很远呢……啊,谢天谢地,那两个人应该就是我们的哥哥。你使劲给他们打信号,叫他们快点过来。"

蓝胡子又开始大吼起来。他吼得特别凶,整座房子几乎都震动了。可怜的妻子只能下了楼,披头散发,并且痛哭着跪在蓝胡子的脚边。

"你这样做也没有用,"蓝胡子说,"你只有死路一条!"他说着,一手抓住她的头发,另一手举起大刀,准备向她头上砍去。可怜的妻子抬起头,用快要死的眼光盯着他,求他再给她一点时间祈祷。"不行!不行!你向上帝求助去吧!……"他说着,正要挥动手臂……

就在这紧要关头,大门被敲得特别响,于是蓝胡子住了手。门开后,两个手握长剑的骑士闯了进来,向蓝胡子冲过去。蓝胡子认出他们就是他妻子的两个哥哥,一个是龙骑兵,另一个是火枪手。于是他拔腿就跑,想要逃命,两个骑士立刻去追他。他还没有到门前的台阶,就被抓住了。剑穿透了蓝胡子的胸膛,他就倒下死了。

这位可怜的妻子,因为惊吓过度,几乎就像她丈夫一样晕了过去,连起来拥抱她哥哥们都没有力气了。

因为这位可怕的蓝胡子一直没有孩子,所以他的妻子便成了他的所有财产的继承人。她用这些钱让安娜和另一位年轻绅士结婚,为哥哥买了官衔,自己和另一个老实人幸福地生活在一起,过去的可怕时光也慢慢淡忘了。

小凤头里盖

　　从前王宫里有一位王后，怀胎十月生下的孩子竟然特别的丑陋。他丑得使人们在很长时间里都怀疑他是不是一个人。但是，一位仙女在他出生的那一天说，因为他特别聪明，所以他长大后一定能成为一个可爱的人。仙女还说，根据她刚才传授给他的一种能力，他能把他最喜欢的人变得和他一样聪明。

　　仙女的话，让生下这么一个丑陋的孩子的王后，在苦恼之余得到一些安慰。不过也奇怪，这孩子刚学会怎么说话，他就能讲出很多奇异的事情，他还特别机灵，有一股无以表达的逗人喜爱的劲儿。我还忘了一件事：他生下来的时候，头上带着一绺蓬起的头发，就像小凤头一样，因为他姓里盖，因此大家就叫他小凤头里盖。

　　就这样时光流转，七八年以后，邻国的一位王后生了两个女儿。大女儿长得比阳光还要漂亮，王后为此感到特别高兴，然而人们却担心她是不是会因快乐过度而变得不幸。与此同时，在小凤头里盖降生时出现的仙女，为了克制王后的过分高兴，对王后说，公主长大后必定是个蠢人。她有多么美，就会有多么蠢。王后听了仙女的话后感到很伤心。但是，她不久之后遇到了一件更加令人伤心的事：她生下的二女儿长得无比的难看。"别那么伤心了，夫人。"仙女对她说，"你的女儿将会得到补偿：她会变得非常聪明，这样，人们就不会觉得她丑了。""希望这样！"王后回答说，"但是，仙女，难道你就没有办法使我如此美丽的大女儿变得稍微聪明一点吗？""要使她聪明嘛，夫人，我实在没有办法了。"仙女说，"在她的漂亮方面，我倒是有一些办法的。但是在这方面，使你满意的事情我已经做完了。现在就让我传授她这样的能力吧：使她能够把她所喜欢的人也变得特别美丽。"

两个公主的品质和天赋，随着她们慢慢长大也逐渐发展，人们到处都在传扬姐姐的美丽和妹妹的聪明。但是，她们的缺陷也随着年龄的增长而更加明显：妹妹越长越丑，姐姐越来越愚蠢。别人和姐姐说话时，她不是默不作声，就是说些蠢话。她竟然笨拙到这种地步：要是让她把几只瓷瓶摆到炉台上去，就非有一只被打碎不可；当她喝水时，总会洒到自己的衣服上。

尽管美丽是最初吸引别人的关键武器，但是妹妹在宾客面前还是比姐姐占上风。客人们最初聚集在姐姐身边，欣赏她的美貌，可是很快便都凑到聪明的妹妹身边，听她讲述有趣的事情。人们会惊讶地发现，过不了多久，姐姐身边已经没有人了，而妹妹却吸引了所有的客人。姐姐虽然很笨，却也发现到了这一点。于是她说愿意用自己全部的美来换取妹妹的一半聪明。王后本是很有节制的，但也忍不住好多次责备她说出这样的蠢话。可怜的公主为此感到很伤心。

一天，当公主正在一个树林里抱怨自己的不幸时，忽然看到一个服饰华丽但相貌猥琐的矮人朝她走来。这就是青年王子小凤头里盖。当他见了公主的画像后——她的画像是到处都能见到的——就爱上了她，于是就离开自己的国家到这里来找她。他看到能和公主单独地在这里会面，感到很高兴，于是极其恭敬有礼地来到她的身旁，向她致意。可是他却发现公主神情忧伤，于是就问道："小姐，我不懂，像你这样美丽的姑娘，为什么还会不快乐，虽然我可以夸口说，我见过很多的美人，但是像你这样的美貌，我其实是第一次见到呢。"

"你在开玩笑吧，先生。"公主答了一句，就又沉默了。"对人来说，美是一种巨大的财富，它比其他所有东西都要宝贵。"小凤头里盖接着说，"一个人一旦有了美，还有什么事能使她烦恼呢！""我现在有了美，但却不聪明。"公主说，"我宁愿放弃美貌，变得和你一样丑陋，用这换取一些智慧。""小姐，没有一把尺子可以衡量智慧。一个人越有智慧，就越会感到自己的不足，这是自然的事情。""这个我不明白。"公主说，"但是，我知道自己很笨，因此感到很难过。""如果只是这么点原因，小姐，我可以马上消除你的忧虑。""那么，你有什么方法呢？"公主问。"我能把我的智慧送给我最爱的人，"里盖说，"小姐，你就是那个人。所以，只要你愿意和我结婚，那么你就可以变得跟我一样聪明。不过，这得完全由你自己来决定。"

听到这些话，公主觉得困窘不安，一句话都说不出来。

"我想，"里盖接着说，"我的提议使你觉得为难了，这并不奇怪。我给你一年的时间，你好好想一想再回复我吧！"公主十分缺少智慧，但又很渴望得到它，她以为一年的时间永远都过不完，所以就同意了这个提议，答应一年后的今天和里盖结婚。

公主刚一答应，立马就觉得自己好像就变成了另外一个人，她马上就能流利自如地说出想说的话，而且表达得非常灵活、优美和自然。从那时开始，她就能与里盖进行风雅而含蓄的说话了。她说得那样滔滔不绝，里盖还以为她的聪明已经超过了他呢。公主回到王宫后，全宫廷上下对她突然发生的变化感到很惊奇，过去只能从她嘴里听到笨拙的话，如今她说出来的都是如此机智生动，合情合理。所有的人都感到非常高兴，只有她的妹妹很不乐意。因为跟姐姐相比，她已经没有了聪明这一长处，现在只能成为一个让人讨厌的丑女人了。

自那以后国王有时甚至还亲自到姐姐的房里来商议大事，他所有的事都听她的。她变化的消息传开后，邻近许多国家的王子都争先恐后地前来向她求爱，他们都想和她结婚。但是，公主却认为他们都不够聪明，所以听了他们的要求后，对谁都没有答应。此时，一位有财有势、特别聪明和俊俏的王子前来求见公主。公主见了他，立即产生了好感。她的爸爸发现后对她说，选择丈夫完全可以由她自己作主和宣布。但是对于这类事情，一个人越聪明，就越犹豫不定。公主谢过她的爸爸，要求希望给她一些时间考虑一下。有一天，公主又到她遇见小凤头里盖的那座树林里散步，准备更认真地思考她要解决的事情。正当她沉思的时候，忽然听见地底下发出一些轻微的声音，似乎有好多人正在走来走去忙碌地工作着。

好奇心促使她侧耳细听了一会儿，她听到有一个人说："递给我那个锅子"，另一个人说："给我端过那口镬子来"，还有一个人说："把火烧得再旺些"。这时地面裂开了，一个巨大的厨房在她的脚下出现，很多厨师、帮手和杂役正在那里准备一桌丰盛的酒席。不久，二三十个烤肉师走出厨房，来到了树林旁边的小道上，手里还拿着铁扦子，头上戴着狐皮帽，围着一张长桌子，正在悦耳的小调声中有节奏地工作。公主看到这样的情景后，觉得非常奇怪，上前打听他们为谁工作。

"小姐，为里盖王子啊！"其中最显眼的一个人回答，"明天，他就要举行婚礼了。"

此时他们的话让公主觉得更加奇怪了。就在这时，她忽然想起了一年前的今天，她曾经答应过嫁给里盖王子。想到这里，她惊惶失措了。她为什么没有早些想起来呢？那是因为她回答这件事的时候还是一个蠢人，她接受了里盖王子给她的聪明以后，把当蠢人时所说的话全都忘了。她继续朝前走去，走了没有几步，小凤头里盖迎面过来了。他显得特别憨厚，穿着华丽的衣裳，打扮得像新郎一般。

"你看，小姐，我是守信用的。"小凤头里盖说，"我相信你也是前来实践你的诺言的吧。""我坦白承认，"公主回答道，"我对这件事还没有作出决定，而且我想，我应该不能做出你所希望的。"

里盖回答："你的话使我感到非常惊奇，小姐。""我相信这一点。"公主说，"如果现在我跟一个粗笨的人讲话，那么，我肯定会显得特别狼狈，因为他会告诉我：一位公主不应该忘记自己的诺言，你既然已经同意了，就应该和我结婚。但是，好在跟我说话的是一位世界上最聪明的人，我相信他是讲理的。你想一下，当我还是一个笨人的时候，我尚且不能决定是不是要嫁给你，如今你赠于我智慧，使我变得更挑剔了，你怎么能要求我作出一项当时都不能同意的决定呢？如果你希望我嫁给你，那么当初你把我的愚笨换作聪明，就是大错特错了。"

里盖答道："如果跟你说话的是一个愚人，你都能同意他指责你失信，就像你刚才说的那样，那么小姐，为什么你却让我在这件与我一生幸福相关的大事上采取不同的方式呢？是不是说，聪明人应该比愚人低一等，这才叫讲理呢？过去你是那么希望获得聪明，而现在终于成了一个聪明人，难道你是这样认为的吗？好，我们谈谈实际的事情吧：请你告诉我，除了我丑陋的外表以外，我身上还有什么使你讨厌呢？你对我的出身、才智、脾气和举止有什么不满意呢？"

"你所说的这一切，我当然都是很喜欢的。"公主说。"如果是这样，那么我就很高兴了。"里盖接着说，"你就能够把我变成世界上最可爱的人了。""哦？如何实现这一点呢？"公主问。"如果你喜欢我，"里盖说，"喜欢得特别希望实现这一点，那么就会成功了。小姐，为了让你相信这一点，我可以告诉你：一位在我出生时出现的仙女，赋予给我一种能力，能够把我所喜欢的人变成聪明的人；同样，她也传授给了你一种本领，让你能够把你所爱的人变成美丽的人。""要是这样的话，"公主说，"我真诚地希望你成为世界上最美丽的王子。就像你给了我聪明那样，我乐意把美丽送给你。"

公主话音刚落，小凤头里盖就变成了她从未见过的世界上最漂亮的王子了。人们都说，公主和里盖的变化其实不是因为仙女的魔力，而是因为双方的爱情。

事实上当公主心中关注的仅仅是他的爱人的坚毅、谨慎和各种美好的品质时，就不会看到他身体的畸形和面部的丑陋了。在她眼中，他的驼背正是宽背男子的一种美丽的姿态；他走路时一拐一瘸的样子成了一种她所喜爱的姿势；他的歪斜的眼睛，在她看起来却显得闪闪发亮；那目光似乎正像征着热烈的爱情；最后，连他的枣红色的大鼻子在她看来也显得十分威武神气了。

最后的结局自然是有情人终成眷属。公主征求她父亲的同意，国王听说女儿很仰慕里盖，又知道里盖是一个以聪颖和智慧闻名的王子，就高兴地把女儿嫁给了他。小凤头里盖很聪明地预料到了他们的婚礼，第二天，跟他提前安排的一样，他们如期幸福地举行了结婚典礼。

林中睡美人

　　从前有一个国王和一个王后，他们忧愁得简直无法形容，因为他们没有办法让自己有一个孩子。为求一子，他们走遍了五湖四海，许愿、进香，所有的办法都用过了，但是都没有结果。

　　他们的诚心终于得到了回报，后来王后终于怀了孕，产下一个女孩儿。人们为孩子的出生举行隆重的洗礼，并请全国所有的仙女（一共七位）来当小公主的教母。按照那时的风俗，每个仙女都应该送给孩子一件礼物，也就是给小公主一种才能或品质，使她成为世界上最完美的人。洗礼仪式结束后，宾客们回到了王宫。那里安排盛大宴席来招待所有仙女。她们每人面前都有一份精美的餐具——在一个巨大的金盒里放着一把汤匙和一副刀叉，汤匙和刀叉都是用纯金做的，上面还嵌镶着钻石。

　　就当客人们正要就席的时候，忽然一个老仙女进来了。这个仙女没有被邀请，因为五十多年以来，谁都没有看到她从隐居的古塔中走出来过，大家还以为她不是死了，就是应该被邪法慑住了。见到这位不速之客，国王吩咐仆人为她摆上一份餐具，但却无法给她同样的金盒，因为那种金盒只为七位仙女定制了七只。老仙女认为这是对她的一种歧视，抱怨和威胁了一阵。坐在她身旁的一个年轻仙女听到她的抱怨，猜到她可能会伤害公主。于是她在散席结束后躲到一个挂着壁毯的屏风后面，等着最后发言，以便尽力避免老仙女可能对公主造成的伤害。

　　在就餐完毕后，仙女们开始向公主赠送礼物了。那位最年轻的仙女送的是美丽，她想使公主成为世界上最漂亮的姑娘；第二位仙女送的是才智，她要使公主变得非常聪明；第三位仙女要使公主在所有活动中都有优美绰约的丰姿；第四位要使公主能够翩翩善舞；第五位要使公主的歌声像夜莺一样美妙；第六位要使公主能演奏各种乐器。然后就轮到老仙女了。她一开口就开始摇头：这并不是因为她年龄大，而是表示她要发泄怨恨。她说：公主会被一枚纱锭刺破手指而丢掉性命。这份可怕的礼物使所有宾客都很害怕，人们开始痛哭起来。

正在这时，那位年轻的仙女从屏风后边走了出来，高声地说："国王，王后，请你们放心！你们的女儿一定不会就这样死去。是的，虽然我没有足够的能力来完全推翻她所说的话——纱锭将会刺破公主的手指，但是她并不会因此而丧命，她只会沉睡一百年。一百年以后，将会有一位王子把她唤醒。"

为了尽量避免老仙女种下的灾难，国王发布一道命令：禁止任何人用纱锭纺线，也不许在家里贮藏纱锭，违者一律处死。就这样十几年过去了。

但是灾难还是来了。有一天，国王和王后出去游玩，小公主就在城堡的屋子里进进出出，跑来跑去，最后她走到瞭望塔顶的一个小房间里，那里正好有一位老人正在用纺锤纺线。这位善良的老人没有听说过国王禁止用纱锭纺线的命令。

"您在干嘛，老妈妈?"公主问。

"我在纺线，美丽的孩子。"老人回答说。她根本不认识这位姑娘。

"啊，真好玩！"公主说，"您是如何纺的？让我也来试一下吧，看能不能跟您干得一样好。"但是因为公主动作太快，再加上粗心大意，更因为仙女注定了她的遭遇，因此，她刚拿起纱锭，就把手指刺破了，于是便倒下昏迷不醒了。

好心的老人慌了，大声呼救，人们从各个地方赶来。他们把冷水洒到公主的脸上，又把她的衣服解开，拍打她的手掌，还用匈牙利王后水涂在她的鬓角上。但是这一切都不能使公主醒过来。国王在嘈杂声中来到楼上。他想起了仙女的预言，知道这事件是不可避免的。于是就吩咐把公主送到宫中最精致的房间里，让她躺在一张铺着金银线绣的罩单的床上。公主仍旧像天使一样美丽：她那红润的脸蛋和珊瑚般可爱的嘴唇与以前完全一样。她虽然闭着眼睛，但是轻柔的呼吸声可以清楚地听见，这表明她并没有死去。国王命令让公主安静地睡着，直到她自己苏醒为止。

当公主遇难时，一个穿七里靴的矮人（穿上这种靴子，跨一步就是七里远）将这一消息通报了正在很远的马达干王国的好仙女。仙女马上就动身，乘着一辆群龙驾驰的漂亮的四轮车，用了一小时后赶到了王宫。国王迎上前去，扶着仙女下车。仙女表扬了国王为公主做的一切安排。而且仙女还有高度的预见性：她想，如果公主醒来后发觉很大的宫廷只有她自己一个人，一定会感到很害怕。于是她用仙杖点了宫中的所有人（除了国王和王后之外）：女官、宫娥、使女、官吏、总管、厨师、帮办、小厮、卫士、哨兵、仆役和随从。她还点了马厩中的御马以及马夫，正在饲养场里的大狗和公主的小狗布弗尔——它当时正躺在公主身边。一宫人马随着仙杖掠过全都沉睡过去了，他们将会随着女主人一起醒来，以便根据她的需要继续服侍她。炉火上烤着的鹧鸪串和山鸡串也酣睡了，甚至连火都睡着了。所有的一切在一刹那间全部沉睡了：仙女做事向来不费很多时间和精力。

国王和王后发布一道命令，禁止任何人靠近这座城堡。他们吻别了沉睡的公主，离开了宫殿。实际上他们这一禁令是多余的，因为在一瞬间，城堡花园的周围生长起很多大小树木和丛丛荆棘，它们相互攀附缠绕，即使是人和野兽都无法通过，只有城堡的塔尖露出在树林之上，从远处可以望到。这一定又是仙女的魔力。如此，公主在安睡中就可以不受好奇的行人的打扰了。公主在沉睡中，一百年过去了。

那时来到这打猎的一位王子，他与沉睡的公主并不是同一家族——。当他看到耸立在密林之上的城堡塔尖时，便向过路人询问那是什么地方。行人们依据各自的道听途说纷纷向王子作了不同的回答：有的人说，那是一个鬼怪盘踞的古堡；有的人说，有一群巫师正在里面安度息日。最常见的说法是，城堡里住着一个妖精，他把从各地方捉到的小孩带到那里吞吃掉，而别人却无法捉到他，因为只有他才能穿过那座密林。这么多种解释，王子不知道该信谁的话了。

这时一位老农对他说："王子，五十多年前，我的父亲讲过，这座城堡里有个世界上最漂亮的公主。她要在那里睡上一百年，然后会有一位王子把她唤醒。她正等待着她的心上人呢。"王子听了这番话，顿时热情洋溢起来，肯定自己能成功地经历这场美妙的冒险。

王子被爱情和荣誉所驱使，决定马上到城堡去看究竟是怎么回事。他刚靠近森林，大小树木和荆棘就全都自动地闪在两边让他过去。他看到城堡就矗立在他所走的大道的尽头，便努力地朝它走去。使他感到奇怪的是，他发现竟没有一个随从能和他一起进入那座森林，因为树木在他身后又立即合拢了。

他继续向前迈进，一点也没有畏惧，满怀爱情的年轻王子总是没有什么可害怕的。王子进入了城堡的前院。他在这里所见的都使他感到毛发悚然：到处都是可怕的沉寂，到处是死的样子，到处躺着一些好像死去的人和动物的身体。然而，他很快发现有些卫兵的鼻子上竟长着疹疱，脸色也是红润的，他这才明白过来原来他们正在沉睡。他还看到他们的酒杯中残留有酒，证明他们是在喝酒时睡着的。

他随后穿过一个大理石砌成的院子，登上楼梯，进入卫戍厅。卫兵们都在那里整齐地持枪列队，但都在呼呼地打鼾。他又去了几个房间，里面是很多的绅士和贵妇人，有的站着，有的坐着，全都沉睡在梦乡里。后来，他走进一间金碧辉煌的卧室，看到了一幅从未见过的景象：在一张锦帷掀卷的床上，躺着一位美丽的公主，圣洁明媚的光华从她身上向四周辐射。王子害怕地慢慢靠近她，并欣赏着她的美貌，最后跪倒在她的身旁。

王子的到来使仙术解除了，公主也随之醒来。她用无比温柔的目光——这样的目光一般在初次见面时是绝对不可能有的——看着王子，说："是你吗，我的王子？你等我很长时间了吧？"

王子为公主的话心花怒放，更痴迷于她迷人的姿态。他不知道该怎样向公主表达他的快乐和激动。他对公主诚恳地说，他深深地爱着她，甚至比爱自己还要爱她。他的话是那么的语无伦次，虽然没有雄辩的口才，但句句深情脉脉，这使公主十分欣喜。公主没有他那样难为情，其实这并不奇怪，因为她事先已经想好了要对王子说的话，那位好心的仙女很明显让她在长眠之中做过许多幸福的美梦（虽然故事里没有提起）。后来，他们两人倾心交谈了几个小时，但想说的话连一半都说不完。

整个宫廷的人也都随着公主醒来了，他们都想起了自己的职责。他们并没有都陶醉在爱情里，所以感到特别饿。宫女们跟其他人一样，急不可待地高声喊道：请公主赶快入席！王子扶着公主下了床。公主穿着华丽的衣裳。王子暗想公主的衣服跟他祖母的有点像，都有一条宽宽的皱领，然而这丝毫不会影响她的美丽。

王子和公主一起走进挂着镜子的客厅，在那里一起吃晚餐。仆人们侍候在旁边，小提琴和双簧管奏起了美妙的古典乐曲。这些曲子已经有一百年没有演奏过了，但是听起来还是那么的优美动人。晚餐之后，人们并没有浪费时间，他们请神父在城堡的小教堂里举行了婚礼，之后宫女们替新人揭开锦绣床帷。他们没有睡很久，公主更不需要很多的睡眠。第二天早上，王子怕他父王惦念，就跟公主告别回京城去了。王子回家后跟爸爸说，他在森林里打猎时迷路了，晚上睡在了一个烧炭人的茅屋里，那烧炭人还请他吃了黑面包和奶酪。国王是个老实人，就相信了他说的话，他的妈妈却很怀疑。她见他几乎每天都去打猎，有时一连好几天都不归，还总拿一些理由来搪塞，就猜想他肯定有了情人。

王子和公主幸福地在一起生活，过了两年多，他们养了两个孩子，一个男孩一个女孩。姐姐名叫晨曦，弟弟叫作阳光，因为弟弟比姐姐还要美丽。

王后多次向王子提起亲事，为的是想从儿子的口中抓住一些把柄，但王子无论怎样都不敢告诉他的妈妈自己的秘密。因为虽然他爱他的妈妈，但却很害怕她，因为她是妖精。国王当年跟她结婚其实是为了她的财产。宫廷里的人还在私下议论她的妖精天性：她看见小孩子经过时，会不由自主地扑到他们身上。

　　王子本来打算永远也不向他的母亲透露真情。可两年过去了，老国王死了，王子继承了王位。于是他宣告了自己的婚事，盛大地把王后——他的妻子——从她的城堡接回了京城。人们在城里搭起华丽的牌楼，王后在宫廷人员的护送下进了城。但好景不长，不久之后，国王去和邻国的冈达拉布特皇帝打仗。整个夏天他都要在战场上度过，于是就把国家转交给他的母后管理，此外还把他的妻子和孩子托付给她照料。

　　国王的母后为了满足自己那令人可怕的欲望，一等到国王出征离开后，她就将王后和两个孩子安排到树林中一所破旧的小屋里。

　　过了几天，她自己也来到那里。有一天晚上，她对御厨总管说："明天，我要拿小晨曦做午饭。"

　　"啊？夫人……"总管惊讶地叫起来。

　　"我说吃就要吃！"母后带着妖精看见鲜肉时就忍不住流口水的语气说，"而且我还要用罗伯尔酱蘸着吃。"

　　总管知道无法违抗命令，只好拿着刀，来到了小晨曦的房间里。小晨曦才四岁，一看到总管进来，就跳着笑着扑到了他的怀里，向他讨糖果吃。总管看到这种情况，禁不住流泪，刀子从手里滑落到了地上。于是他转身走到饲养场里，杀了一头小绵羊，蘸上好酱，送给了国王的母后。国王的母后吃完后，称赞道这是她从来没有尝到过的美味佳肴。与此同时，总管把小晨曦交给了他的妻子。他的妻子就把孩子藏在饲养场尽头的她自己家里。

　　一星期之后，可恶的母后又对总管说："明天，我要把小阳光当作晚饭。"

　　总管没有与她争论，决定还照上次的办法欺瞒她。他先找到了小阳光。那孩子当时只有三岁，正拿着一把玩具宝剑和一只大猴子嬉戏。他又把孩子交给了妻子，他的妻子把他和小晨曦藏在一起。之后，总管用一头很嫩的小山羊取代了小阳光送给了妖精。妖精吃完后又连连称赞。

　　似乎一切都顺利地解决了。但是，一天晚上，凶狠的国王的母后又对总管说："我这次想要吃王后了，还用同样的酱给我做调料。"

这下可怜的总管实在是想不出办法欺瞒她了：王后已经二十多岁了——不算那沉睡的一百年，虽然皮肉仍很洁白美丽，但已经不幼嫩了，怎么从饲养场里找到一头合适的动物来取代她呢？为了保住自己的性命，他只有决定把王后杀死。他拿了刀，鼓起狠劲，来到了年轻王后的房里。他不忍立即下手，而是先非常尊敬地转告她母后的命令。

"那你就动手吧，"王后说着把脖子伸了过去，"实行她的命令吧，就让我到地下去看望我的孩子们去吧，看望我心爱又可怜的孩子们去吧！"因为自从他把孩子们带走以后，王后就没有了他们的所有消息，还以为他们都已经死了。

"不，不，"很受感动的总管向王后连忙说道，"你不该死的，你应该和你的孩子们相聚，但不是在地下，而是在我的家里，是我把他们都藏起来了。我将会再找一头牝鹿来充当你，骗过国王的母后。"总管马上就把王后接到自己家里。王后见了自己孩子们，又是拥抱，又是哭泣。于是总管宰了一头牝鹿。在晚餐时国王的母后把它当作王后津津有味地大吃了一顿。

凶狠的母后对自己的残忍感到十分满意，并且准备在国王回来后向他撒谎说，王后和孩子们都被恶狼吃掉了。可一天晚上，当她跟平常一样在宫中的庭院里和饲养场中散步，想闻闻哪里有生肉的气味时，忽然她听到从一间低矮的小屋里传出了小阳光因淘气而挨打的哭叫声，还有小晨曦在妈妈面前为弟弟求饶的声音。妖精于是就知道了王后和孩子们都没有死，是自己受了蒙骗，怒火顿时从心底升起来了。

受到愚弄的母后，在第二天早上，她用所有人听了都会发抖的恐怖的声音发出了一道命令：叫人在院子正中搭起一个大木桶，里面放满了癞蛤蟆、蝮蛇、蟒蛇和水蛇，要把王后以及她的两个孩子，还有御厨总管、他的妻子和女仆都扔进桶里。她命令仆人把他们的双手绑起来，带到大木桶前面。

孩子和大人，他们都被带过来了。当刽子手正要把他们推进木桶时，国王——人们没有预先想到他这么快就回来了——骑着马跑进了宫，他是回来进行视察的。他看到这一可怕的景象，吓了一跳，忙问是怎么回事，但是没有一个人敢回答他。

妖精见到这般情景，便气急败坏地一头扎进了大木桶，立刻就被那些毒蛇吃掉了。国王有些悲伤，因为她毕竟是自己的母亲。不过他因为跟妻子孩子生活得特别幸福，所以这件事慢慢也就被忘记了。

小拇指

　　以前，森林旁边住着一个砍柴工，他们夫妻两个生了七个小男孩。老大还只有十岁，而最小的才刚七岁。人们觉得很奇怪：在这么短短几年内，他们怎么可能有那么多的小孩呢？其实这是因为砍柴工的妻子生得多，一胎至少就生两个。

　　但是因为砍柴工家里很穷。七个孩子更给他们增添了很大的困难，因为孩子们都还不能挣钱谋生而且还要花钱。

　　更让他们发愁的是，最小的孩子特别弱，而且还不爱说话。父母看他老是很沉默，把他当作傻子，其实这正是他聪明的表现。他个子特别小，刚生下来的时候甚至都没有一个拇指大，于是大家都称他"小拇指"。这个可怜的孩子在家里老是受气，别人总是一有过错就推给他。然而，他却是兄弟中最机灵的一个。他虽然说得少，但听得多。

　　有一年，收成很坏，遍地闹饥荒，穷人们都被逼得抛弃自己的孩子。一天晚上，孩子们上床睡觉后，砍柴工坐到炉边与妻子一起烤火。他痛苦地对妻子说："你也知道，我们没法养活孩子们了。我实在是不忍眼睁睁地看着他们一个个饿死，所以决定明天把他们丢到森林里去。这事其实也不难，趁着他们在那里捆柴禾玩的时候，我们悄悄地溜掉就行啦。""啊，你要抛弃你的亲骨肉吗？"妻子大叫起来。

　　尽管丈夫再三向妻子讲述家庭的困境，但是白费力气，尽管妻子知道自己很穷，可她终究是他们的妈妈呀！所以妻子怎么都不同意。然而，亲眼看着自己的孩子们活活地饿死，又是多么痛苦呵！经过一番苦苦思索，她也只好同意了，最后大哭了一场后就去睡觉了。

小拇指都听到了爸爸妈妈所谈的一切。开始，他在床上听他们谈话，后来他轻轻地下了床，悄悄地钻到爸爸坐的凳子底下偷听，没有被他们发现。听完之后，他又悄悄地回到床上。

一天晚上，他一夜都没有合眼，盘算着该怎么办。第二天，他一早起来去了一条小溪边，捡了很多白色鹅卵石，装在衣袋里，带回了家。

一家人都出去了。小拇指丝毫没有向哥哥们提起他昨晚听到的事情。他们走进了一座茂盛的森林。在那里，只要距离十步远，人们就看不见彼此了。砍柴工开始砍柴，孩子们帮着拾树枝，捆树杈。孩子们正专心干活的时候，他们的爸爸妈妈就悄悄地走远了，接着一下子拐进一条小道，偷跑掉了。之后孩子们发现爸爸妈妈不见了，就大喊大叫起来。小拇指对哥哥们的哭叫并不在乎，因为他知道怎么可以回家——他来的时候，一路撒下了口袋里的鹅卵石做标记。

这时小拇指对哥哥们说："哥哥们，别害怕，是爸爸妈妈抛弃了我们，但是我可以把你们安全地带回家去。你们紧跟着我就行了。"哥哥们都跟在小弟弟后面，小拇指就把他们都从原路领回了家。到了家门口，他们不敢马上就进去，而是在门外听爸爸妈妈在屋里说些什么。

砍柴工和妻子刚回到家里不久，庄主就给他们送来了十元钱，这是他先前欠他们的，他们早就不指望他能还了。这十元钱又能让他们继续生存下去了，因为他们可怜得都快要饿死了。砍柴工立即叫妻子买来了肉，因为他们很久都没有吃到肉了，因此这次买的肉比两人饱餐一顿的还要多两倍。他们大吃一顿以后，砍柴工的妻子说："哎，可怜的孩子们，不知道你们现在在哪里？如果你们也在这里，就能吃到这些饭了。纪尧姆，都赖你，是你要把他们丢弃的。我早就说过，我们这样做一定会后悔的。他们现在不知道在森林里怎么样了……哎呀，我的天哪，他们可能已经被豺狼吃掉了！你真是无情无义啊，就这样把亲生孩子扔掉了。"

就这样心里很懊悔的妻子不停地唠叨，说她如何的有先见之明，又如何预料到他们会后悔。丈夫实在是听不下去了，终于开始发火了。他吓唬说，如果她还继续说，他就要打她了。实际上，他心里比妻子还要忧愁，只是因为妻子太啰嗦，让他听得不耐烦了。他和其他的男人一样，喜欢贤明的妻子，但是当妻子真的表现出比丈夫高明时，丈夫就不乐意了。

"哎呀，我可怜的孩子们，我的孩子们啊，你们现在到底在哪里呀？"砍柴工的妻子哭着喊道。她越喊越响，喊得站在门外的孩子们都听到了，他们于是一起大声回答道："我们在这里呢！我们在这里呢！"她急忙跑过去开门，一见到孩子们就拥抱着说："啊，我亲爱的孩子们，我能重新见到你们真是太高兴了！你们一定累了吧？也饿了吧？啊，皮埃洛，你身上脏了，快过来，我给你清洗一下。"皮埃洛是她最大的儿子，她最疼他，因为这孩子的头发有点显红棕色，她的头发也是有点显红棕色的。

孩子们回到家后，爸爸妈妈看到孩子们大口大口地吃起来，吃得那么香，感到特别高兴。孩子们异口同声地讲起他们在森林里遇到的可怕的情景。亲生骨肉能够重新聚在一起，这是多么的快乐啊！只要这十元钱用不完，这种欢乐就可以持续存在。但是，那些钱终于花光了，一家人又重新陷入了以前的忧虑之中。父母只好决定再次把孩子们抛弃。为了不让这次计划失败，他们打算把孩子带到比第一次更远的地方去。

小拇指这次又听到了砍柴工和妻子私下的商量，他打算还是用原先的办法对付。但是，尽管那天他起得很早，想要去溪边捡石子，但并没有成功，因为大门已经被牢牢地锁住了。他正急得不知道该怎么办时，妈妈给每个孩子拿来了一块面包。小拇指想到可以用面包屑代替石子撒在走过的路上，于是就把面包放在了口袋里。

父母把他们带到森林里一处树叶最浓密、光线最弱的地方后，他们的父母就马上绕了个弯，把孩子们丢下就跑掉了。小拇指知道后并不担心，他认为有面包屑撒在地上就会很容易认出旧路，然而他惊讶地发现，地上一点面包屑都找不到了——鸟儿飞来把它们都吃光了。

这下孩子们迷了路，他们越走越接近森林的深处。黑夜来临了，又刮起了可怕的大风。他们听到四面八方都是狼叫声，好像这些狼正要向他们猛扑过来，要把他们一口吃掉似的。他们都不敢说话，也不敢回头看。那时又下起了倾盆大雨，冰凉的雨水直入他们的骨髓。每走一步都要滑倒在泥浆里，一身都沾满了污泥，然后爬起来继续走，两只手也完全不能控制了。

小拇指为了了解周围的情景，于是就爬上一棵大树，向四周瞭望。他突然发现离森林很远的一个地方，闪烁着烛火般的一线亮光。可是从树上下来后，亮光又不见了，他觉得很懊恼，就和哥哥们一起朝亮光方向走去，最后终于在森林的尽头找到了一座发着亮光的屋子。孩子们敲了一下门，从屋里出来一位善良的妇女，问他们来干什么。小拇指对她说，他们在森林里迷路了，请求她可怜一下他们，允许他们借宿。她看到每个孩子都那么可爱，于是就不禁哭了起来："哎，可怜的孩子们，你们知道这是哪吗？这是专门吃小孩的妖精的家呀！""啊呀，大妈，我们该怎么办呢？"小拇指浑身发抖着说，"如果你不让我们在你家过夜，森林里的大灰狼肯定也会把我们吃掉的，如果这样，还不如让妖精把我们吃掉呢！但是，如果你能帮我们求求情，他也许会可怜我们的。"

妖精的妻子想了一下，她可以背着丈夫把孩子们藏到第二天早上，于是就让孩子们进了屋，并带他们到炉边取暖。炉子上正烤着一头全羊，那正是妖精的晚饭。

孩子们刚要取暖，忽然传来了砰砰的敲门声：应该是妖精回来了。妖精的妻子立刻把孩子们藏到床底下，然后出去开门。

妖精先问晚饭有没有做好，酒是否已经备好了，接着就开始猛吃起来。他吃的羊肉还是血淋淋的，不过这样似乎更合他的口味。突然他东闻西嗅，突然说他好像闻到了生肉的气味。"你闻到的应该是我刚才杀掉的那头小牛吧。"他妻子说。"我再跟你说一次，我真的闻到生肉的气味了，"妖精斜眼瞅着他的妻子说，"一定有什么东西藏在这里。"

他说着说着，从座位上站起来，开始向床边走去。"啊，这是什么？"妖精叫起来，"你竟然想骗我，该死的婆娘！我怎么没有把你也吃掉！真是太便宜你了，你这个老畜生！哈哈，这批野味来得正好，刚好用来招待这几天要来拜访我的几个朋友。"

残忍的妖精从床底下把孩子们一个个揪了出来。可怜的孩子们跪在地上求饶。可是，站在他们面前的是最残忍的一个妖怪，他不仅没有可怜他们，反而眼露凶光，几乎立刻要把他们吃掉。他又对妻子说，要是再能配上一些好的作料，那将是非常美味的佳肴了。

妖精一手拿着一把大刀，另一手提着一块磨刀石，在孩子们面前霍霍地磨起刀来。然后他一把抓住其中一个孩子的胳膊，正要准备下手。"你要干嘛？难道等到明天都不可以吗？"他的妻子忙说。"住嘴！"妖精说，"今天杀了他们，明天的肉可就更嫩了。"

"但是，你还有很多肉没有吃完呢，你看，这里有一头小牛，两只绵羊，以及半头猪。"

"那行吧！"妖精说，"让他们吃点饭吧，别饿瘦了，然后叫他们去睡觉。"

妖精的妻子暗自高兴，她给孩子们准备了晚饭。但是，由于过度的惊恐，他们一点都吃不下去。这时候妖精开始喝酒，他想到有那么美味的食物可以招待朋友，心里特别高兴，放开肚子比平时多喝了好多杯，最后喝得烂醉，就睡觉去了。

妖精的七个女儿都还是小孩。这些小妖跟她们的父亲一样，都吃新鲜的生肉，因此脸色很美，但却长着圆溜溜的小灰眼睛、鹰钩鼻子和大嘴巴，牙齿长而尖，每颗之间距离很大。她们还不是很凶狠，但是正在朝这方向发展，因为她们已经咬过一些小孩，并且吸过他们的血。当时她们都睡着了。七个人睡在一张大床上，每人头上还戴着一个金色的花冠。这个房间里还有一张一样的床，妖精的妻子就让那七个男孩睡在那张床上。她安排完后，就回到丈夫那里去了。

细心的小拇指想那个妖精没有把他们在晚上杀死，很有可能会后悔，他还发现七个小妖的头上都戴着金冠。于是他睡到一半时便起了床，把他和六个哥哥的便帽摘下来，轻轻地给七个小妖戴上；又把小妖的七顶金冠戴到自己和哥哥们的头上。如此一来，万一妖精过来，就会错把他们当成他的女儿们，而把自己的女儿们当成他想要杀死的男孩们了。

小拇指想的一点也不差：妖精半夜醒来时，后悔没有把那些孩子们宰掉。于是他立刻从床上跳下来，拿起大砍刀，边走边说："去看看这些小家伙们，不能再犹豫不决了。"

他偷偷地来到女儿的房里，床上除了小拇指外，其他的孩子都睡着了。他先走到男孩们的床边，伸手去摸孩子们的头，吓得小拇指魂不守舍。妖精一摸到金冠，忙说："啊，险些儿闯下大祸了，我昨晚真的喝多了。"接着他又来到了女孩们的床边，便摸到了她们头上的便帽。"哈哈，原来这批好货在这儿呢，"妖精说，"下手干吧！"刚说完，就举起刀咔嚓一下子把他的七个女儿砍死了。他干完后十分得意地又去睡觉了。

一听到妖精打起呼噜，小拇指赶忙把哥哥们叫醒，叫他们赶快把衣服穿上，跟着他一起逃走。兄弟们小心翼翼地走到花园里，跳过围墙，向外一直跑去。他们一路都在胆战心惊，几乎跑了一个晚上，也不知走到什么地方了。

第二天清晨，妖精醒来后就对妻子说："上楼去把昨天那批货煮了吧。"妻子听错了他的话，还以为是让她去给孩子们穿衣服①，便对丈夫突然变得这么好心感到很奇怪。可是她一上楼就吓坏了，只见她的七个女儿躺倒在血泊里，她顿时就晕过去了（一般女人遇到这种情况都会这样的）。

妖精亲自上楼去帮助他的妻子，因为要收拾那么多会太累。他一见到这样的场面，也惊呆了。"啊，这不会是我干的吧？"他大叫起来，"我要去跟那帮坏蛋算账，现在就算！"他又在妻子脸上泼了一盆冷水，她便醒过来了。"赶紧把我的七里靴拿来，"妖精对妻子说，"我马上就去把他们都捉回来。"

妖精说着话就出发了。他向各处奔了一阵之后，最后终于朝着孩子们逃跑的那个方向走去了。可怜的孩子们只差一百多步就应该到家了。他们看着妖精翻过一座座大山，看到他越过大河就如同跨过小溪那样轻易。小拇指发现附近一个岩洞，就让哥哥们躲藏在里边，自己躲在洞口，监视

---

① 这个词在法语中有"穿衣"和"煮肉"两种含义。

着妖精的一举一动。

漫无目的地跑了许多路的妖精，觉得累了，想休息一下（因为穿七里靴走路是很费劲的）。他恰好坐到孩子们藏身的那块岩石上。他特别累，不一会儿就睡着了，发出特别响的鼾声。这可怕的鼾声吓得孩子们战战兢兢，他们感到跟上次妖精提刀要杀他们时的心情一样。小拇指比较沉静，他叫哥哥们趁妖精正在睡觉赶快逃回家去，不用为他担心。哥哥们听了他的话后，就很快回到了家里。

小拇指悄悄地走近妖精身旁，小心地脱下了他的七里靴，穿到自己脚上。靴子虽然又大又宽，但因为它是魔靴，能随脚的大小而改变，所以小拇指一穿上就觉得正合适，跟量身定做的一样。

当小拇指穿上靴子立刻跑到妖精家里时，妖精的妻子正为七个女儿的死亡哭泣。"你的丈夫有难了，"小拇指对她说，"他被一群强盗抓起来了。如果他不把自己的全部财产献给强盗，他的性命就不保了。正当强盗要杀他的时候，他看到了我，求我前来向你求救，通知你把家里全部财宝都交给我，一点也不要留下，否则强盗就会毫不留情地把他杀掉。由于事情特别紧急，所以他让我穿上他的七里靴赶来，你看，靴子就穿在我的脚上。这样不仅可以跑得快一点，而且你也不会怀疑我是骗子了。"

那妖精虽然要吃小孩，但对于她来说还是个合格的丈夫呢。所以听了这些话后，妖精的妻子就乱手乱脚，立刻把她贮存的全部财宝都给了小拇指。

小拇指机智的不仅保全了自己和哥哥们，还给家里增加了原来是妖精的全部财产。小拇指回家后，家人热情欢迎了他。

驴　皮

　　以前有一位，他一直以为自己是最幸福的君主，因为不仅本国人民，连邻邦都非常尊敬他。他还娶了一位美丽又贤惠的公主，所以他的幸福更是无可置疑了。这对美满的夫妻过着幸福的生活，不久之后，他们就生了一个女儿，这是他们纯美爱情的结晶。小女孩非常可爱，父母一点儿也不为没有更多的儿女而感到遗憾。

　　大臣们都明智能干；官员们品德高尚，清廉奉公；仆役们兢兢业业，忠心耿耿。王宫里到处都是一片豪华、雅致和富足的景象。宽大的马厩里有各种世界名马，它们身上披着名贵华丽的马衣。但是，让这些前来欣赏骏马的外国来宾感到惊奇的是，在马厩中最明显的地方，却站着一头竖着长长耳朵的刚强的驴子。国王为它设置了这个特殊的好位置，并非一时兴起，而是有充分原因的。因为造物主赋予这头珍奇的家畜一种非凡的能力，使它能够当之无愧地享受这样的荣誉：它的厩草不仅一点都不脏，而且每天清晨都铺满了大大小小很多漂亮的埃居和金路易。当那头驴醒来的时候，人们便可以去那里捡些金币和银币。

　　然而，天有不测风云，国王与老百姓一样，也会遇到各种波折，好事里往往搀杂着一些坏事。老天爷使王后忽然得了一场重病。医生们用尽全部的智慧和学问，都没有得到任何效果。王宫里一片哀叹声。多情善感的国王并不认可婚姻是爱情的坟墓这句有名的谚语，忧伤得不得了。他到全国各地所有寺庙里去真诚地许愿，宁愿用自己的生命来换取亲爱的夫人。可是他这样做仍旧没有打动上帝以及仙女的心。

　　知道自己最后的时刻将要到了的王后对正在哭泣的丈夫说："在我死

之前，你要答应我一件事：如果你想再结婚一次……"国王听到这里，悲痛地叫起来。他抓着王后的手，一滴滴的泪水滴在了她的手上。他要王后保证，重娶的事永远不会再提起了。"不，不，亲爱的王后，"他最后说，"还不如咱们一起走呢！"

"国家一定要有后继人，"王后坚定地说，这语调使国王更加悲伤了。"我只为你生了一个公主，而国家需要一个跟你相像的王子。就看在你对我的那多年情分上，请你一定要答应我一件事：只有当你找到一位比我还要美丽端庄的公主时，你才能够接受臣民们的美意。我请求你给我立下这个誓言，这样，我即使是死也安心了。"据猜测，王后并不是没有自尊心。她只是以为世界上没人还要比她美丽了，所以才让国王立下了这一誓言，相信他以后就永远不会再娶了。

王后死后，国王有生以来从没有这样伤心过。他每天痛哭哀号，几乎什么事也做不了。这对一个鳏夫来说是情有可原的。深深的悲痛并没有延续很久。全国的显贵要人集合起来，成群地前来请求国王再娶。国王刚开始听他们的提议，觉得很难忍受，眼泪又淌满了面颊。他向他们说他曾经在王后面前发过誓，并且说大臣们无法再找到比已故的王后更加端庄美丽的公主了，所以续弦的事也就不要再提了。

但是，大臣们说：作为一个王后，重要的不是美貌，而在于是否有高尚的品德以及养育后代的能力。国家必须要有自己的王子才能保证国泰民安。小公主倒是具备了成为一个伟大王后的所有品格，但是必须得为她找一个外国人做夫婿才行。这个外国人会把她带到他自己的国家去，即便他留下来与公主一起执政，他的后代也将会是另一个血统，国家便就会又没有国王的子孙了。这样的话，邻国很可能会发动战争，王国就将面临灾难了。国王听完这番话后，感到很惊讶，于是就答应考虑满足他们的要求。

于是国王就在待嫁的一些公主里开始物色起意中人来。每天有一大堆可爱的画像送到他的手里，但可惜的是没有一个能比得上已故王后的风采，因此他还是下定不了决心。

更加糟糕的事情发生了：他忽然发现自己的女儿不仅非常美丽，令他着迷，而且智慧和风度也远远地超过了先王后——她的母亲。年轻、漂亮、招人喜爱的白嫩的肌肤，这一切燃起了国王对她强烈的爱情。他终于实在无法隐瞒下去了，于是向公主表白了决心而且要娶她为妻。因为只有这样，国王才不会违背自己的誓言。纯洁又怕羞的公主一听到这可怕的提议，几乎吓得晕了过去。她跪在父王的脚下，竭力乞求父亲不要逼迫她犯下如此的罪行。

脑子里已经种下了这个荒诞的念头的国王，为了让公主服从他的命令，他便去征求一个老神父的意见。这个神父虔诚不足，贪心有余，为了获得这位国王的信任，他完全不顾一个少女的贞操。他巧妙地迎合着国王的心意，把国王正要犯下的罪行尽量说得轻一些，甚至还让国王相信，和自己的女儿结婚其实是一件很好的事情。

受了这个坏蛋的奉承后，国王特别高兴，马上就拥抱了他。就此打定主意，命令公主做好服从他的所有准备。年轻的公主终于被深深的痛苦所激怒，没有办法，只好去找丁香仙女教母。她乘着一辆由一匹谙熟路径的大绵羊拉着的双轮马车，那天晚上就出发了。她很顺利地就找到了仙女。仙女特别喜欢公主，告诉她已经知道了这件事的过程。她安慰她不要太着急，说只要认真地按照她的话去做，就能避免所有不幸。

仙女说，"我亲爱的公主，如果你嫁给你的父亲，那将是很深的罪孽。但是说到这件事，你可以不提出反对而避免去做：回去和你父亲说，你有一个想法，让他给你做一件如天空一样色彩的连衣裙。他不管有多深的爱情和多大的权力，也制不成这样的衣服。"

公主谢过教母。第二天早晨，她便向父王说了仙女教她的话，并且声明如果得不到这件连衣裙，谁都别想从她嘴里得到什么诺言。国王看到了希望，特别高兴，就马上召集全国最有名的裁缝来制作那件衣服。他命令：如果不能如期完成，裁缝们都要被杀死。

其实，国王没必要如此过虑，以致规定这种苛刻的条件。因为第二天一大早，工匠们就把一件令他们感到满意的连衣裙送来了。人们打开一看：即使是蔚蓝的天空配上金色的云彩也比不上它美丽。公主见了十分担心，不知该如何摆脱这一困境。国王再次催她赶紧作出决定，她只好又去向教母求助。教母知道了计划并没有成功，感到很惊讶。于是她教公主再去向国王要一件与月亮一样颜色的连衣裙。

国王没有办法拒绝公主的要求，于是又去寻找最巧妙的工匠们，向他们要求赶紧制作一件如同月亮一般颜色的连衣裙。然而，又还不到二十四小时，新的衣服便做成了。公主对这件美丽的衣服甚至比对父亲的殷勤还要喜欢。可是，当她一回到使女和奶妈身边后，她又开始苦恼了。熟悉一切过程的丁香仙女于是前来帮助这个无比忧伤的公主，对她说："如果没有问题的话，我想你可以再去要一件如同太阳一般颜色的连衣裙。你的父亲这回一定会被难住的，因为长久以来还没有人能够做成过这样的衣服。这样的话至少也能拖延一些时间。"

想尽办法拖延时间的公主于是又向父亲提出了这一要求。痴心的国王毫不犹豫地摘下了他王冠上的所有金刚钻和红宝石，来为那件灿烂的衣服增添光彩。他下令要不惜一切代价使这件衣服能与太阳相媲美。果然，当这件连衣裙被拿出来并展开时，它耀眼的金光使所有周围观赏的人不得不闭上眼睛。就从那时开始，世界上便出现了各种绿色和黑色镜片的墨镜。

公主见了这件衣服后，由于她从来没有看到过如此精美的东西，惊讶得一句话都说不出来，借口说因为眼睛受了刺激，所以就躲进了自己的卧室。

羞愧十分的仙女当时正在卧室里等着她。事情确实有点不顺利，仙女一见到太阳裙，便很生气地说："噢，我的孩子，我们要马上对你父亲那可鄙的爱情做一次严厉的考验。我想，他一定会继续坚持这一婚姻，而且还认为不久之后应该就会实现。我再教你向他提一个要求，他一定会受不了的：他有一头专门为他提供大量金钱的心爱的驴子，你就问他要这头驴子的皮。去吧，一定向他表明你喜欢这张驴皮。"

公主觉得父亲一定不肯舍弃这头驴子，看到又有了可以避免这场可恶的婚姻的办法，感到满心欢喜。所以她便来到父亲面前提出要这头珍贵牲畜的皮。

　　国王虽然对女儿的离奇想法感到十分惊讶，但仍毫不犹豫地就答应了她的要求。可怜的驴子立刻就被宰掉了，而驴皮则被献给了公主。公主看到再也没有办法来逃避这个问题了，于是感到很绝望。正在这个时候，教母来了。"你在干嘛呀，我可怜的孩子?"教母看到公主正揪着自己的头发，损坏自己的容貌，就急忙问道，"你一生中最幸福的时刻就要来到了。去吧，披上这张驴皮，赶紧离开这座宫殿吧！大地把你带到哪里，你也就跟它到哪里去吧！为了自己的贞洁而甘愿牺牲所有的人，上帝会报偿他的。去吧，我将会替你安排旅途中所需要的梳妆用具，不论你到了哪里，你的衣服和首饰箱都会跟着你的。我现在给你这根仙杖，在你需要这只小箱子的时候，你就用它敲一下土地，小箱子就会马上出现。好了，赶快出发吧，别再耽搁时间了。"

　　公主再次拥抱了教母，请求永远保护她。之后，她在自己的脸涂上烟灰，再披上那张丑陋的驴皮，以便不让任何人察觉，偷偷地离开了那座富丽堂皇的宫殿。

　　公主的失踪使得王宫里一片混乱，准备隆重办喜事的国王十分绝望，他派出一百多名骑兵以及一千多个火枪手去找寻他的女儿。然而，由于仙女用隐身法保护着公主，即使是那些最机警的搜寻人也发现不了她。这些人只有自我安慰罢了。

　　公主走啊，走啊，越走越远，太累了就想找一个地方歇脚。虽然路上有些人觉得她可怜，给了她一点吃的，但是因为嫌她太脏，都不愿意收留她。最后，她走到了一座美丽的城市，城门口有一个牧场，女主人正准备要雇一个干粗活的女佣人来帮她擦地板、清猪槽和洗火鸡。她看到这个衣衫褴褛的女孩，就收留了她，经过长途跋涉而十分劳累的公主十分高兴地接受了。

　　女主人让公主住在厨房的一个小角落里。由于驴皮把她弄得特别脏，前几天仆役们都粗野地开她的玩笑。后来日子久了，大家也就司空见惯了，而且，因为她工作很认真，所以女主人就开始保护她。

　　每天她都赶着羊群去放牧，如果突然遇到天气变化，她就把它们圈在一处。她让火鸡到草地上吃草，做得十分巧妙。总之，所有的工作一旦经过她美丽的双手都会获得出色的成果。

有一天，公主坐在一个小泉边，她哀叹自己凄凉的生活。

忽然公主想在水中照一下自己的样子，当她看到自己身上穿戴着的竟是那张令人可怕的驴皮时，不禁吓了一跳。她感到十分的羞耻，连忙用水擦洗自己。一瞬间，她的脸蛋和双手就变得比象牙还要白，美丽幼嫩的皮肤又重新回来了。公主看到自己又变回美丽，十分快活，于是就跳进泉水里洗了个澡。但是，如果要回到牧场去，还得披上那张丑陋的驴皮。

恰巧正好过节，公主没事于是就取出梳妆箱开始打扮起来：先在漂亮的头发上扑上香粉，然后再穿上那件天空般颜色的连衣裙。她的房间特别小，连衣裙都无法展开。美丽的公主开始对镜自赏。从那以后，为了解闷，她都会在每个节日和星期天换上那些漂亮的衣服。她还巧妙地把钻石和小花儿拴在一起装戴到她那美丽的头发上。她是如此的美丽，但是美的见证人却只有她的绵羊以及火鸡，因而她常常会叹息不已。绵羊和火鸡欣赏她的美丽的打扮，然而，当她再披上那张讨厌的驴皮时，它们也依然喜爱她。在牧场里，驴皮也是她的名字。

一天，又是一个节日，驴皮就穿上了那件太阳颜色的连衣裙。牧场所属国的王子刚打猎回来，路过牧场决定休息一下。他是一位年轻、漂亮、身材又好的王子，并且受到父母的宠爱和老百姓的尊重。牧场的人们为他举行了田园风味的宴会。宴后王子到饲养场和各个僻静的角落散步。他看了一处又一处，最后走进了一条阴暗的小路。小路的尽头有一座关着门的小屋，出于好奇心，王子从锁眼中向里看。啊！里面有一位长得十分美丽，又穿得很漂亮，神情高雅而谦逊的公主！他甚至把她当成了女神。他兴奋不已，要不是他尊敬这位迷人的少女，他一定会破门而入呢。

恋恋不舍的王子十分痛苦地离开了那条阴暗的小路，于是便打听这间小屋的主人是谁。人们告诉他说，那是一个干粗活的女佣人，因为她老是身上披着一张驴皮，大家都叫她驴皮。她是如此的脏，所以谁都不愿意多看她一眼，更别提跟她讲话了。主人看她可怜，才收留了她，让她在牧场里放牧绵羊和火鸡们。

但是对于这样的解说王子并不相信，因为他知道这些粗俗的人是不能给他更好的回答的，所以就不再打听了。他回到父王的宫殿后，眼前仍然不断地浮现锁眼里见到的那位女神的美丽形象，对她产生了无法表述的爱情。他十分后悔当时没有敲门进去，只好决定下次再去寻觅了。

被强烈的相思之情所激动的王子，当晚就发起了高烧。不久病情变得更加严重了，所有的药物都没有效。王后只有这么一个孩子，看到这般情况，焦虑得就像热锅上的蚂蚁。她向医生们许诺重赏，但也白费力气，医生们用遍了所有的医术，都没能够让王子的病情稍稍减轻。

最后，医生推测出这个病是属于致命的精神忧郁症。

医生把这个想法告诉了王后，王后温和地恳求王子说出为什么得病。她对儿子说，如果他想要王冠的话，他的父亲也会毫不犹豫地退位，让他登基；要是他爱上了某个公主，即使是那个国家正在跟他的父王交战，而且有充分理由谴责对方，她也也可以不惜一切，去求得王子的所爱。只要他不死，一切都没问题，因为他的生死直接牵涉到国王和王后的性命。王后说着这番动人肺腑的话，大哭了起来，泪水沾湿了王子的脸颊。

王子终于用十分微弱的声音说，"妈妈，我怎能如此不近人情，竟想掠夺父亲的王冠。希望上苍保佑他长寿，愿他永远把我当作他的最恭顺最忠实的臣民！至于说到公主，我还从来没有想到要结婚呢。您知道我总是依照您的意志行事的，无论要我付出什么代价，我都会永远顺从你。""啊，我的儿！"王后说，"为了挽救你的性命，我们会不惜一切代价。可是，我亲爱的孩子，你也要救救你父亲和我的命啊！说出你的愿望吧，如果说出来，我一定会满足你的。"

"好吧，妈妈。"王子说，"既然您要我说出我的心事，那么我服从您，否则我将会犯下危及双亲性命的重罪。妈妈，我要驴皮给我做一块蛋糕，做好之后，再请人送给我。"王后听到这个奇怪的名字，感到十分惊讶，便问起驴皮是谁。"夫人，"见过这女孩的一个仆人插嘴说，"那是一个又黑又脏甚至比狼还难看的傻丫头，她就在您的牧场里放牧火鸡和绵羊。"

"这没什么，"王后说，"王子打猎回来也许吃过她做的糕点，这应该是病人的一种奇想。无论如何，快叫驴皮（既然有这么个人）帮他做一块蛋糕拿来。仆人们马上就跑到牧场，找到了驴皮，命令她做一块精美的蛋糕给王子。

其实，当王子从锁眼向里偷看的时候，公主也发现了他，后来她也从窗户看清了这位年轻、漂亮、身材十分好的王子。从此他的形象便深深地印在了她的脑海里，每当她想起他时，总要不停地哀叹。总之，驴皮见到过王子，还听到过很多人表扬王子。她看到现在有机会让自己认识王子，十分高兴。

她紧紧地关上房门，脱下丑陋的驴皮，洗净了手和脸，梳好漂亮的头发，并穿上金光闪闪的漂亮的胸衣和一条十分美丽的裙子，然后取来洁白的面粉，调好新鲜的黄油和鸡蛋，开始做王子所想要的蛋糕。不知是有意，还是其他的原因，她手上的一只戒指掉了下来，混进了面粉里。她把蛋糕烤好以后，又披上那张令人讨厌的驴皮，把它交给了仆人。她想从仆人那里打听一些关于王子的消息，但是仆人并不想理睬她，只拿了蛋糕就去见王子了。

从仆人手中接过蛋糕，王子就开始狼吞虎咽地吃起来。在场的医生看到后，纷纷议论这种贪婪的吃相是一种不祥的兆头——的确，王子很可能会因为蛋糕里的戒指而梗死的。可是，他却很巧妙地把戒指从嘴里吐出来。于是他不再大口吃了，开始细细地端详起这只精巧的翡翠金戒指来。它是如此的小巧，王子想象应该只有世界上最小最美的手指才能戴上它。

王子一有时间便亲吻这枚戒指，亲吻了这只戒指不下千百次，然后把它藏在枕下。当别人不在的时候，他总是把它取出来欣赏。

如何才能见到这只戒指的主人呢？王子为此感到十分苦闷和烦躁。他不敢说他想见驴皮——也就是公主，怕人们不允许她进来；也不敢说出他曾经从门缝中见到过她，怕被人嘲笑，说他得了幻觉症。种种的思虑不断地折磨着他，他又开始发起高烧来。医生们不知该怎么办了，报告王后说王子其实是得了相思病。

国王和王后一起来看望王子。国王也感到非常苦恼。"儿啊，我亲爱的儿，"国王伤心地说，"说出来吧，到底谁是你的心上人，我们保证会给你找来，哪怕是天下最下贱的仆人。"

王后一边紧紧拥抱王子，一边再次向他诉说国王的许诺。王子被父母的眼泪以及抚爱感动了。"爸爸，妈妈，我实在无意要结这样一门使你们不高兴的婚姻，这就是证明——"王子说着便从床头取出了那枚戒指，"我要的是能够戴上这只戒指的姑娘，不管她是谁。能够有这样美丽的手指的，应该不会是一个农妇或粗人。"

国王和王后接过戒指，好奇地审视了一番后，他们与王子一样，也断定它的主人肯定是一位有钱人家的闺秀。国王拥抱了儿子，要求他好好休养，然后就离去了。他立刻吩咐下属到全城去擂鼓鸣号，还派出许多传令官到各处呐喊，要所有的年轻姑娘都来王宫试戴那枚戒指，如果谁能戴上它，就可以嫁给王子。

最先来到的都是公主们，接着是一些公爵、侯爵和男爵的女儿，她们都想把手指变得细一点，但终究是徒劳，谁也没办法戴上那只戒指。随后歌女们也来试戴，她们都很漂亮，可惜的是手指也稍粗了些。之后侍女们也来了，她们的运气也并不好。最后，厨娘、厨房的丫头以及牧羊女也前来一试，她们只能把又粗糙又短的手指的指甲伸进戒指。直到那时，还没有出现一个人能戴上那枚戒指。

"前天为我做蛋糕的驴皮有没有来？"王子问。大家笑起来，说她当然不会来，因为她是那么丑陋。"好快去把她也叫来，"国王说，"难道我说过限制什么人吗？"

仆人们一边嘲笑，一边跑去找那个放牧火鸡和绵羊的女孩。公主听到了鼓号声和传令官的叫喊声，猜测应该是她的戒指引起的。她其实很爱王子，但是真正的爱情是胆怯的，不夸张的，所以她一直担忧别的女孩也可能有像她一样那么纤细的手指。等到人们前来找她的时候，她快乐得不得了。

当她知道人们要寻找戒指的主人时，她心里充满的无法描述的希望开始促使她精心打扮起来。她又穿上了银光闪闪的美丽的胸衣和镶着银色花边以及褶带、还有佩有碧玉的裙子。但当她一听到有人敲门叫她去见王子时，她又立即披上驴皮，走了出来。

仆人们都嘲笑她，对她说国王让她去跟王子结婚，随后就是一片哄然大笑，之后就把她带走了。他们把她送到王子那里。

王子对她的奇怪装束同样也感到特别吃惊，不敢相信这就是他曾经见过的那位如此美丽端庄的姑娘。王子还以为是自己搞错了，感到很失落，问道："在牧场的第三个饲养场的后面，有一条黑暗的小路，你就住在那条小路的最后端吗？"

"是的，王子。"她回答说。

"那把你的手伸出来给我看看。"王子颤抖着说。

终于，一只白嫩的小手从一张又黑又脏的驴皮底下伸了出来，世界上最漂亮的手指毫不费力地戴上了那枚戒指，大小正好合适。国王和王后，以及宫廷所有的侍从和大臣们都被惊呆了。这时候，公主的身子轻轻一动，驴皮就掉下来了。一位迷人的美女站在了王子面前。

王子完全不顾自己虚弱的身体，随即就跪倒在公主跟前，把她搂住了。他拥抱得如此热情，公主的脸都红了。好在别人几乎没有发现，因为当时国王和王后也都跑过去拥抱她，问她是否愿意跟王子结婚。

公主受到这位美丽的青年王子如此热烈的抚爱，感到不知所措，但最后还是接受了国王和王后的意见。这时候，天花板突然敞开，丁香仙女坐着丁香花扎成的马车从天上降落下来。她向大家讲述了公主的经历。

国王和王后听说驴皮其实是一位尊贵的公主，于是就感到无比欣喜，对她更加亲热起来。王子得知她的遭遇后，也衷心钦佩她的品德，对她的爱更深了。王子迫切地想同公主成亲，几乎没有腾出时间来好好地准备这一盛大的婚礼。国王和王后也非常疼爱她，恋恋不舍地把她拥在怀里并且抚摸她。公主说，她跟王子结婚必须要得到她父亲的同意才行。因此，公主的父亲是第一个被邀请参加婚礼的，不过人们并没有告诉他新娘是谁。

掌握一切情况的丁香仙女按照情理并考虑到圆满的结局，让国王接受了邀请。

各国的君主也都来了，有的坐轿子来的，有的乘马车来的，从远的国家来的还骑着大象、老虎，甚至雄鹰。他们中间最有钱最有权势的就算是公主的父亲了。他已经完全忘记了那场乱伦的爱情，并且与一个漂亮的寡妇结了婚，只是他们还没有孩子。

公主上前迎接父亲，父亲也马上就认出了自己的女儿，并且亲热地拥抱她。公主就跪倒在了父亲的脚边。国王和王后向公主的父亲介绍了王子，公主的父亲待他也十分亲切。

不久，盛大的婚礼开始了，但是新郎和新娘其实对豪华的仪式并不在意，他们只是恋恋地看着彼此。王子的父亲在当天还为儿子举行了加冕典礼。他亲吻了王子的手，让他登上御座。这位有教养的王子虽然不停地推辞，但是最后还是服从了父亲的安排。

这场见证有情人终成眷属的婚礼及其欢庆活动持续了将近三个月，如果他们在一百年后还没有离开人世的话，我们知道坚贞的爱情将永远流传。

菲耐特遇险记

　　有一位不知名的欧洲王国的国君，当时正逢第一次十字军东征，他正要出发去跟巴勒斯坦异教徒作战。

　　在他远征之前，把国家的摄政权交给一位十分能干的大臣，井然有序地安排好了国家大事。在这方面，他已经完全不用担心了。但是，怎么照管好自己的家庭，却让这位国王开始发愁。他之前刚失去王后，王后并没有为他留下儿子，但却让他成了三个公主的父亲，她们都已经到了待嫁的年纪。

　　史书中没有记载这三位公主的真正姓名。我只知道，在那繁华的年代里，朴实的百姓用绰号来称公主，这个绰号是依据她们的优点或缺点不拘客套地叫出来的。大姐被称作农夏朗特，现代话的意思就是懒虫。谁都没有见过像农夏朗特那样懒惰的人：她每天必须要睡到下午一点钟才醒过来，人们要把她从床上拖起来，再托着她上教堂。她蓬头散发，连衣裙不扣扣子，腰带也不系。她穿鞋总是东找一只，西找一只，永远不是成双的。别人花费一天时间改正了她的这个毛病，可是别的地方又出了问题：一穿皮鞋就累得她不能忍受。农夏朗特吃过午饭就开始梳洗打扮，一直弄到晚上，接着是玩乐和夜宵，一直要闹到半夜十二点。然后人们给她脱衣服，要用上给她穿衣服一样长的时间，因此，她从来不能在天亮以前上床睡觉。

　　二姐的绰号叫巴比亚特，意思是长舌妇。巴比亚特过着另外一种生活。这位公主十分活泼好动，梳妆打扮只要很少时间。但是，她特别地爱说话，每天从早上醒来一直到晚上睡觉，嘴巴一刻也不停止。哪一家在吵架，哪一户关系和睦，谁跟谁正在调情，她都知道。她不但知道整个宫廷的，而且清楚最底层平民百姓中间的这些琐事。她记下了那些为了获得一件美丽首饰而向家里敲竹杠的女人们的名字；她准确地打听到某个伯爵夫人的女仆以及某个侯爵大人的管家能够挣多少钱。她抱着很大的兴趣从奶妈和裁缝那里细细询问这些消息，比听外国使节的谈话还要津津有味。她把探听到的那些有趣的故事再给别人讲，把从国王到脚夫所有的人——她一张嘴，就能跟所有人都说得上——都弄得晕晕乎乎。多嘴的癖好还带给这位公主另一个坏处：她虽然身份高贵，但因为态度轻佻，宫中的纨绔子弟便都放胆向她调情。她竟飘飘然地欣赏起他们的甜言蜜语来，并且乐呵呵地迎合他们的挑逗。她从早到晚不惜一切代价去做的事就是，或者听别人说话，或者自己唠叨个不停。

巴比亚特和农夏朗特一样，整天都不想动脑筋，不想任何事情，也不喜欢读书。她从不关心所有的家务，对针线活或纺纱也不感兴趣。总之，这两个女孩整天游手好闲，从不动用自己的大脑和双手。

小妹妹呢，人们叫她为菲耐特，意思是小机灵。她的性情就完全不一样了。她不仅不断动脑筋，而且也经常锻炼身体，所以显得非常机敏。她又正确地利用自己的这一长处：她善于唱歌、跳舞、演奏乐器，还能用自己灵巧的双手做出各种令人赞美的工艺品，给女友们玩赏。她把王室整顿得井然有条，下人们无机可乘——当时这些仆人正想搞一个诈骗亲王的活动。

不仅如此，她机智出众，善于判断，能随机应变地解决各式问题。有一次，她的父王正准备要签署一份协定，年轻的公主聪明地发现文件中其实有个危险的圈套。这是一个不怀好意的外国使者搞出来的诡计。为了惩罚奸诈的使者以及他的主人，国王更改了协定条款，换上了女儿向他提议的内容。结果，骗子反而被欺骗了。年轻的公主还揭穿过一位大臣试图陷害国王的大阴谋，国王按照女儿的建议采取了措施，这个背信弃义的人终于受到了惩罚。在很多其他场合，公主都表现出自己非凡的才智和眼力，所以百姓们就叫她菲耐特，也就是小机灵的意思。国王对菲耐特比对两个大女儿都要更加宠爱。他知道菲耐特很贤惠，所以十分信任她。如果没有另外两个孩子而只有菲耐特一个人在家，那么他这次出门是可以不用担心的。

可是，两个大女儿的品行使国王很担心。为了准确地掌握家里人的活动情况——就如他自以为准确地掌握了他的臣民们的情况一样，他采取了以下我要讲到的措施。

国王有个要好的朋友，是一位十分神通广大的仙女。他找到了这个朋友，向她讲诉了自己对女儿们的担心的情况。"这并不是表示，我的两个大女儿已经做了什么不守本分的事。只因为她们整天无所事事，又那么游手好闲和轻举妄动，所以，我怕我在外出期间，她们会为了寻欢作乐而干出什么不正常的事来。对菲耐特，我当然是完全信任的，不过为了公平，我对待她同她的姐姐们一样。因此，聪明的仙女，请你为我的三个女儿分别做三个玻璃纺锤吧，它们要有这样的魔力：如果谁做了损害自己荣誉的事，那么谁的纺锤就会马上破裂。"

明白了国王的意图后，机灵的仙女认真地制作了三个有魔力的纺锤。有了这样的预防措施，国王还是有点不放心。他又把三位公主带到一个坐落在荒僻角落的城堡的塔楼里，让她们在他不在家的时候居住在那里。他不准她们接待任何客人，还把她们身边所有的男仆和女佣都撤掉了。他把纺锤交给她们，告诉了她们它的魔力，之后吻别了她们，并且锁上塔楼大门，拿着钥匙走了。

我们不用担心公主们在塔楼里会被饿死。因为在塔楼的窗口装着一个滑轮，上面穿着一条绳子，绳子的一端系了只篮子。公主们每天从窗口放下篮子，人们也把她们一天需要的食物都装在里面。她们把篮子提上去之后，就小心地将绳子放起来。

农夏朗特和巴比亚特对这种寂寞的生活感到十分厌烦和痛苦，但是也只能忍受着，因为父亲给了她们一个那么可怕的纺锤，她们担心纺锤会因自己小小的过失而碎了。两个姐姐摆出清高的架子，对于周围的东西不屑一顾。她们说，在父亲出门的时候，至少应该打打牌散散心。她们每天都愁眉苦脸的，抱怨自己的命是多么不好。我想她们一定会这样说："富贵还不如逍遥。"她们两个经常站在塔楼的窗前，因为这样至少还能看看田野的景色。

菲耐特却一点都不觉得枯燥，她在纱锭、针线和乐器中寻找到了乐趣。此外，按照摄政大臣的命令，人们天天都把新闻书札通过篮子给公主们送到，以便她们了解国内外发生的事情。这件事是由国王允许的，摄政大臣们为了讨好公主，一直切实实行着。菲耐特饶有兴味地阅读这些新闻，并且从中得到无数消遣。

有一天，菲耐特正在卧室里做一件很漂亮的衣服，两个姐姐突然看到塔楼的墙脚下有一个衣服破旧的女人。这个女人合掌向她们叫苦，请求进到城堡里来。她讲道自己是个倒霉的外国人，会干各种杂活，愿意来这里为她们忠实地效劳。

两个公主想，国王以前下过命令不准任何人进入塔楼。但是，农夏朗特又是那样懒的打理自己，正想找个人替她梳头；而巴比亚特除了姐妹外没有人跟她闲聊，急于找个人帮她解闷，于是她俩便决定让那个可怜的外国人进到塔楼里来。

"你觉得国王的禁令包括像她那样特别可怜的人吗？"巴比亚特对姐姐说，"我想，我们还是把她收留下来吧。""妹妹，你想怎么办，就怎么办吧！"农夏朗特回答。巴比亚特巴不得姐姐会说出这样的话。她赶紧放下篮子，可怜的女人坐到里边，两个公主就用滑轮把她拉了上来。

当她出现在公主们面前时，她那身脏衣服简直让人恶心得受不了。公主让她换掉衣服，她却说她可以继续穿到第二天，因为现在正打算为她们服务呢。

这时候，菲耐特过来了。她看到姐姐们正在跟一个陌生女人在一起，大吃一惊。听了姐姐们的解释，她觉得很担心，但事情已经这样了，也不能再说什么了。

新来的女仆开始到城堡各处参观。她表面上说是为公主们服务，其实是在察看内情。实际上，这个进入城堡的所谓女乞丐和从前扮装成女修道院院长进入修道院的奥利伯爵一样的危险。其实，这个穿破衣服的家伙竟然是邻国国王的长子，是那时候最奸诈的一个青年王子。他没使很多办法就把国王——他的父亲——控制了。这位国王性情温和，绰号就叫木尔特一贝那，也就是好性子的意思。而他的儿子呢，由于他总是使一些阴谋诡计，老百姓给他也起了一个绰号，叫作里什戈丹尔，它的意思就是阴险鬼。

王子有个弟弟，跟哥哥的性格完全相反，品德特别高尚。兄弟俩禀性虽然不一样，但却都很情深意厚，别人都为此觉得有点奇怪。弟弟不但品德好，而且外貌美丽，风度优美，人们便叫他为贝拉夫瓦尔——也就是美少年。

原来，就是里什戈丹尔王子鼓动他父王的使者对公主们的父亲设计了一场圈套。而机敏的菲耐特摧毁了他的阴谋，使他搬起石头却砸了自己的脚。里什戈丹尔原本就不喜欢那个国王——公主们的父亲，自从那件事后，于是对他更加怀恨了。他听说国王对三个女儿采取了防备措施，于是便想玩一场恶作剧，从而打算使这位本性多疑的国王完全失败。为了这样，他先用各种借口让父亲允许他外出旅行，然后又想尽方法进到了公主们居住的塔楼里。

里什戈丹尔王子对城堡察看后，他发觉公主们的叫唤声很容易被过路人听见。他的冒险一旦失败，公主们便可以叫行人来惩罚他。所以他决定白天一直化着妆，装作乞丐的模样。

晚上到了，等三位公主用完晚餐，里什戈丹尔便换掉了这层外衣，展现出金宝耀眼的骑士服装。可怜的公主们都被吓坏了，个个后退逃跑。菲耐特和巴比亚特行动十分敏捷，很快就逃回到自己的卧室，然而农夏朗特刚刚准备逃走就被里什戈丹尔抓住了。

王子立刻跪倒在她的脚下，向她表明自己是谁，并说他是因为看见了她的画像，思慕她的美貌，所以才离开自己豪华的宫殿，到这里来说爱她的。农夏朗特慌乱得不知该怎么办，一句话也说不了。王子一直跪在她的脚边，不停地说着甜言蜜语，多次表示自己的诚意，并且激动地恳求她立刻嫁给他。天性怠惰的农夏朗特没有力气跟他争辩。于是她懒洋洋地说，她相信王子所说的话是真诚的，于是当场就接受了他的情意。而她严重地违反了结婚礼仪，于是她的纺锤也就立即破裂了。

巴比亚特和菲耐特内心惶恐地躲在自己的卧室里，并且紧紧关上了门。她们的房间隔得很远，彼此根本就不知道对方的情况。两人一夜都没有睡觉。

第二天，讨人厌的王子把农夏朗特领到花园尽头的一间小屋里。公主说她想念她的妹妹，虽然她害怕在她们面前露面，怕她们责怪她与王子的婚事。王子说，他能够说服妹妹们同意这一婚姻。他又说了几句话就走了，把农夏朗特独自关在了房间里，而农夏朗特自己还什么都不知道呢。

里什戈丹尔开始寻找其他两位公主，用了好长时间也没有找到。可是巴比亚特却忍不住了，于是在自己房间里嚼舌头起来，独自抱怨着。王子听见了她的唠叨声，就走近她的卧室，并透过锁眼看到了她。里什戈丹尔在门外跟她说起话来。就像对农夏朗特讲的一样，他说是采取这样的办法进到塔楼里来其实是为了向她表示诚意和把自己的心交给她，他还不停地夸奖她的美丽和聪明。巴比亚特听了这些话高兴得什么都忘了，于是就轻率地相信了他，还作了一通没有任何反驳的回答。

巴比亚特都一整天没有吃饭了，已经饿得没有力气了，在这种时候，只有像她那样有说话癖好的人才会有这种劲头。巴比亚特的卧室里什么吃的也没有。她又饿又被门外的花言巧语所诱惑，终于向那位诱惑者开了门。王子见到她后，又作了一番更令人感动的表演——他是惯于扮演那种角色的。

他们两人出了房间，在城堡的厨房里找到了很多吃的，这些食品都是以前通过篮子送上来的。巴比亚特也想念她的姐妹们，于是打算吃完饭去寻找她们。

王子与公主一起高兴地吃了饭，之后便提议去参观城堡里一间精美的套房。公主就把他领到了那里。他走进套房以后，又开始大献殷勤，竭力吹嘘跟他结婚会有什么好处。跟对待农夏朗特一样，他请求巴比亚特立刻跟他结婚，并且说，他俩只有先结婚了才能再去寻找她的姐妹，不然的话她们一定不会支持这桩婚事的，因为他是邻国最有权势的王子，本应作为大姐的丈夫的，大姐显然不会赞同他俩的结合的。

巴比亚特听了这些没有任何意义的废话后，也和她的姐姐一样，开始放荡起来，把王子当作了丈夫。等到纺锤破碎了，她才想起了它的效应。到了晚上，巴比亚特和王子一起回到她的卧室。她首先看到的便是她的玻璃纺锤已经碎了，她于是慌乱起来。王子问她怎么了，她饶舌成性，不能保持沉默，于是就愚蠢地把纺锤的秘密告诉了里什戈丹尔。王子也由此了解到公主的父亲将察知女儿的不正当行为，心里暗自窃喜。

巴比亚特不想再去找她的姐妹了，怕她们会责备她的丑行。王子却说他要去，并说他能说服她们。一夜没有睡觉的公主听了他的话后，就迷迷糊糊地睡着了。于是里什戈丹尔也跟对付农夏朗特一样，把她也锁在了房间里。

把巴比亚特关起来以后，恶毒的王子就到城堡的其他各个房间去查看。他发现别的房间的门都开着，只有一间从里面反锁着，于是他断定菲耐特应该就在那里面。

他早已编好了要说的话，一到菲耐特门前，就把先前在两个姐姐面前说过的那一套话统统说了一遍。但是这位公主并不像姐姐们那样容易被骗，她听了好久，但是一句也没有回答。

最后，她认为王子已经肯定她躲在里面了，于是便对他说，如果他真的要向她表示强烈和真诚的感情，就得到楼下的花园里去，她会通过房间里一扇面朝花园的窗子和他谈话。

并不想接受这一提议，但公主不开门，狡猾的王子等得不耐烦了。于是他找来一根粗大的木棍，把门砸开了。

他抬头一看，菲耐特正举着一把很大的锤子站在他面前，这把锤子是别人偶然留在衣橱里的。由于公主当时特别激奋，所以脸涨得通红，尽管她眼神里充满着怒气，然而在里什戈丹尔看来，却显得无比的迷人。

他本想跪在公主的脚边，不料公主后退了一步，并且高傲地说："王子，你要是再敢靠近我一步，我就用这把锤子把你的脑袋敲碎！"啊？漂亮的公主！"里什戈丹尔用虚伪的声调说道，"我是如此的爱你，而你却这么恨我吗？"

里什戈丹尔不停地诉说自己是如何的倾慕她的美貌和智慧，对她怀着如何热烈的感情，还说他这样化妆打扮进来就是为了献出自己的心并倾吐对她的爱慕。他在房间里来回走，并且请她原谅刚才砸破房门的莽撞行为，因为这的确是出于爱情的冲动。最后，他又用在两个姐姐面前玩弄过的花招，想要说服公主立刻跟他结婚。

菲耐特头脑很清醒。聪明的公主假装不生气了，表示先应当先找姐姐们商量一下。但是里什戈丹尔却坚持他俩成亲后再去，说不然的话她们一定会反对，因为她们是有嫡长权的。她本来就十分怀疑那个奸诈的王子，听了他的这些话后，就更加怀疑他了。她猜测姐姐们已经出了事，觉得浑身战栗起来。她决心替她们报仇，同时尽力使自己避免姐姐们遭到的那些不幸。

于是公主对里什戈丹尔说，她可以答应嫁给他，但是夜间举行婚礼似乎不太吉利，于是请他把仪式推迟到第二天早晨。她还说，她保证不会把这件事告诉姐姐们，不过先得让她有一点时间祷告苍天，于是叫王子先到一间屋里休息。

里什戈丹尔并不是十分勇敢的人，他看菲耐特一直拿着那个大锤子，就像拿着一把扇子那样轻巧，于是便同意了公主的要求，让她单独思考一下。里什戈丹尔一离开，菲耐特马上就跑到城堡中的一个房间里。这个房间看起来和其他房间一样的干净，只不过有个通往下水道的大坑，人们把所有的垃圾都扔在那个坑里。菲耐特在坑口支了两根细木条，并且在上面铺了一张床，然后又回到自己的房里。

没多久，里什戈丹尔又来了。公主带他到那个房间后，自己又回去了。王子没有脱衣服就着急地上了床，床下的小木条被他压断了，他便扑通一下掉进了那个阴沟里。他在阴沟里东碰西撞，跌得浑身是伤，鼻青脸肿。

菲耐特的房间离坑道并不远。她很快便知道自己的计策已经成功了，感到非常高兴。当她听到王子在阴沟里使劲扑腾挣扎时，她心里痛快极了。是的，里什戈丹尔就应该受这样的惩罚，公主也应该感到高兴。尽管如此，公主没有忘记她的姐姐们，她要做的第一件事就是去寻找她们。她很快就找到了巴比亚特，因为里什戈丹尔把她锁起来后，把钥匙放在他的卧室里了。巴比亚特见了妹妹感到十分羞愧。菲耐特向她讲述了如何摆脱前来污辱她的奸诈的王子，巴比亚特听了觉得是个晴天霹雳，惊讶得一句话都说不出来。因为她虽然天天叽叽喳喳的，但竟然会糊涂到如此可笑的地步：她完全相信了里什戈丹尔对她所说的话。

巴比亚特感到非常痛苦，但又不好表达，只好跟菲耐特一起去找农夏朗特去了。她们几乎跑遍了整个城堡都没有找到她。最后菲耐特想起她可能会在花园的小屋里。真的如此，她们在那里找到了她，她已经一天都没有吃饭了，绝望以及虚弱已经让她变得半死了，两个妹妹对她做了及时的抢救。当她们三人一起把情况弄清楚后，农夏朗特和巴比亚特感到特别痛苦。后来她们就各自回去休息了。

里什戈丹尔难过地熬了一夜，第二天也没见好转。阴沟里没有灯光，所有可怕的情景他都看不见。他十分痛苦地到处摸索，最后终于找到了阴沟的出口，那是在离城堡很远的一条河边上。他向河里的渔夫们求救，渔夫把他从阴沟里拉了出来。他的狼狈相得到一些好心人的怜悯，他们把他送到了他的宫殿里，让他好好地养伤。可是他从此便失宠了。于是他对菲耐特恨之入骨，一边养伤，一边想着如何报仇。

菲耐特过着伤心的日子。对她来说，荣誉比生命还要宝贵一千倍，姐姐们可耻的软弱让她感到无比痛心。

她们这次丢脸的结婚把自己的身体也破坏了，菲耐特的担子也就变得更重了。里什戈丹尔本来就是个巧妙的骗子，在那次遇险后他又重振精神，变得更加老奸巨猾了。他掉进阴沟跌得遍体鳞伤，虽然很痛苦，但使他更加痛苦的是，他遇到了一个比他还要机灵的对手。

他猜测到两个公主被他诱骗后会产生什么严重后果。为了再次诱惑这两位患病的公主，他派人搬了几个大箱子放到塔楼的窗口下，箱子里装满了带枝叶的鲜果。农夏朗特和巴比亚特时常站在窗边，于是很快就发现了这些水果。她们馋得都流出了口水，真想立刻尝一尝，就逼着菲耐特乘篮子下去取一些。菲耐特对姐姐们一向很温顺，于是她马上就下去取来了鲜嫩的果子，两个姐姐十分痛快地大吃了一顿。

第二天，楼下又出现了另外一种水果。两个姐姐看见后又想吃了，于是菲耐特再次下去为她们摘取。然而，由于躲在一边的里什戈丹尔的仆从们，第一天错过了机会，这次终于可以下手了。他们突然冲过来把菲耐特捉住了，当着两个姐姐的面把她带走了。农夏朗特和巴比亚特只能揪着自己头发着急。

王子的仆从们把菲耐特带到一座乡村的别墅里，王子正在那里养伤。他一见到公主就生气地破口大骂，而公主却一直都很沉着坚定，显出英雄般的气概。她最后被王子囚禁了起来。几天过去了，菲耐特又被带到一个山顶上，王子也跟着上了山。他大声说，由于公主对他用过计谋，所以他现在要用同样的方法报仇，要把她处死。于是，这个残暴的王子残忍地指着一个内壁插满钉子和刀剪的大木桶对菲耐特说，为了使她受到应有的惩罚，人们将会把她装进桶里，然后再把木桶从山顶滚到山下。

然而年轻的公主始终保持着沉着和机智。里什戈丹尔不仅不钦佩她的英雄气概，却大发淫威，要让她马上死。他转着这一念头，低头察看木桶内有没有插满凶器。菲耐特趁这机会猛冲过去，一下子就把他推进了桶里。王子还没有来得及弄清是怎么回事的时候，公主已经把木桶推倒了，让它顺着山坡一直地滚下去。

接着菲耐特很快逃跑了。王子的随从们刚开始听到主人要用很残酷的手段加害一位可爱的公主，都感到十分痛心，所以就没想到要去追捕她。后来他们又被刚刚发生的事情吓住了，只想把滚下去的大桶截住。但是，他们的努力也是白费，木桶已经滚到了山脚下。当他们把王子从桶里拉出来时，只见他全身上下已经都是伤了。

里什戈丹尔的事故使木尔特—贝那国王和贝拉夫瓦尔王子都很伤心，

可是全国的老百姓却很高兴。里什戈丹尔是那样不得人心，人们甚至对襟怀坦荡情操高尚的小王子能如此亲近这个卑劣的哥哥都感到难以想象。贝拉夫瓦尔是个禀性十分忠厚的人，他对自己家族的人都很亲近。里什戈丹尔常常巧妙地向他表示深情厚谊，因此这位善良的弟弟也一贯热情地报答他。

贝拉夫瓦尔看到哥哥受了伤，于是很痛心，想用一切办法让他尽快治愈。但是，经过无数次的精心治疗，里什戈丹尔的伤势不仅没有变好，反而更加恶化了。

菲耐特摆脱危险后，重新回到了城堡。两个姐姐都各自生了一个孩子，这让菲耐特十分为难。为了帮姐姐们掩盖丑行，她决定再次挺身而出，虽然她知道这样做是很危险的。

她把自己装扮成一个男人，又把姐姐的两个孩子都独自装在两只木箱里，箱壁上开了一些小孔，不致于让他们被闷死。她赶着一匹马，驮上那两只箱子，来到了木尔特—贝那王国的京城，也就是里什戈丹尔当时所在的地方。菲耐特到达那之后，听说如果谁能治好里什戈丹尔的病，那么他就能得到贝拉夫瓦尔王子的重赏。

欧洲几乎所有的江湖医生都被招到宫廷里来了。那个时代，有很多不学无术的冒险家把自己打扮成高明的神医，而这些人仅有的学问就是大胆地骗人。他们善于用不同寻常的装束和奇怪的名字来迷惑老百姓，以便他们相信那一套。这批医生从来不在自己的家乡行医，远道而来的这一优势常常使他们能够在一些庸人中间骗取一些名利。

精明的公主听了这个消息，也给自己起了个外国名字，叫作沙纳西奥。然后她到处扬言说，沙纳西奥骑士带来了神奇的秘方，能把各种中毒最深的最危险的创伤都治好。贝拉夫瓦尔立即派人去请这位所谓的骑士。菲耐特来了，完全是一副地道的江湖医生模样。还说了几句骑士的行话，完全没有露出任何破绽。

公主看到贝拉夫瓦尔如此俊美的仪表以及悦人的举止，不觉暗暗惊奇。她和这位王子探讨了一些关于里什戈丹尔的伤情，然后说要回去取一瓶很有疗效的药水，于是就先留下那两只箱子——据说里面装的是治疗受伤王子的最有用的膏药——然后就走了。

而这个所谓的医生却一去不复返了。人们十分着急地等待着，一直等不到他回来。最后，正当人们想派人去找他时，却听到里什戈丹尔的房间里传来了婴儿的哭叫声。大家觉得非常奇怪，因为里什戈丹尔根本就没有孩子。有人认真一听，发现哭声竟来自江湖医生留下的药箱里。

其实这是菲耐特的两个外甥，这时候他们正好饿了，所以就哇哇地哭了起来。人们打开箱子后，惊讶地看到了两个美丽的男孩。里什戈丹尔马上想到这应该就是菲耐特的新阴谋，顿时怒气上升，伤口裂开，眼看着就快要死了。贝拉夫瓦尔心里十分焦急。可是里什戈丹尔即使到死也改不了他的恶劣的本性，他这时居然还想滥用弟弟对他的情谊。

“你一直都很爱我，弟弟。”他说，“当你看到我失败一定也感到很难过。我快要死了，如果你真的把我当作亲人的话，那么就请你答应我一件事。”贝拉夫瓦尔看着哥哥这种情况，实在是无法拒绝他，于是就郑重地发誓会答应他的一切请求。

里什戈丹尔听了弟弟的誓言后，立刻拥抱他说：“即使我死了也安心了，弟弟，因为我的仇会有人替我报。我要请求你的事就是，在我死后，你马上向菲耐特求婚。你很有可能会弄到这个狡猾的公主。一旦你得手了，就用匕首把她杀死。”贝拉夫瓦尔听了这些话后，吓得浑身发抖。他悔恨自己冒失，立下了这样的誓言，但已经来不及收回去了。

里什戈丹尔最后死了。木尔特—贝那国王很伤心，但是人民对王子的死不仅不觉得可惜，反而感到特别高兴，因为这样品德高尚的贝拉夫瓦尔就能顺利地继承王位了。

菲耐特再次幸运地回到了姐姐们那里。她很快就听说了里什戈丹尔的死讯。

不久公主们的父亲回来了。他立刻跑到塔楼，首要的事就是查看女儿们的纺锤是否完好。农夏朗特把菲耐特的纺锤拿去给国王看，然后行了个深深地礼，然后重新把它放回原处。巴比亚特也同样地做了一遍。轮到菲耐特了，拿来的也是那个纺锤。

多疑的国王想同时查看一下三个纺锤，而这样只有菲耐特能拿出来。于是国王对两个姐姐大发雷霆，马上就把她们带到那位制作纺锤的仙女那里，请仙女终生看管她们，并给她们应有的惩罚。

仙女把她们带到了仙堡中的一个小画廊里，那里有很多杰出的女子的画像，她们因为生活勤劳、品德高尚而受到大家尊敬。通过仙术的力量，画面上的人物一直都在那里活动。画的四周还有颂扬她们美德的格言和铭文。那些女英雄获得十分杰出的成就，而两个公主却落到那样悲惨的下场，两相比较，两个公主感到十分羞耻。

仙女严肃地指出，如果她们以前要是像画中人物一样行事，她们应该不会走入这条毁灭自己的可憎的歧途。游手好闲便是一切罪孽的开始，也是她们不幸遭遇的根本原因。仙女说，为了使她们改正错误，不再发生相似的不幸，她用一个好办法照顾她们：强迫她们从事最低贱最粗笨的劳动。于是，无论她们的皮肤多么白嫩，她叫她们去菜园里摘豆和拔草。农夏朗特实在是无法忍受这种与她的天性格格不入的生活，于是终于因劳累和忧伤死去了。巴比亚特干了几天之后，在一个黑夜逃出了仙女的城堡，最后撞在一棵大树上，受伤后死在了一个农民的家里。

善良的菲耐特对姐姐们的命运感到十分伤心。在她烦闷的时候，她听说贝拉夫瓦尔王子前来向她求婚，而她的父亲已经同意了，只是还没有告诉她，因为在那个时代，男女之间的爱情在婚姻中并不被认为很重要。菲耐特知道这消息后十分害怕，她怕里什戈丹尔对她的恨已经种植在他弟弟的心里，因为兄弟俩是如此的亲近。她担心那位年轻的王子娶她完全是为了替哥哥报仇而想伤害她。公主抱着这样的不安去请教智慧的仙女。

仙女很尊重她，就像她很看不起农夏朗特和巴比亚特一样，但是仙女并不愿向她表明任何情况。她只是说：公主，你是个谨慎而聪明的人。到目前为止，你做得都很正确，由于你记住了谨慎是安全的保证这句真理。如果你能永远记住这句重要的格言，那么你就一定会得到幸福，更不必求助于我的仙术了。"

菲耐特没有得到仙女的其他指点，于是就忐忑不安地回到了城堡。过了几天，一位以贝拉夫瓦尔王子的名义来的使节迎娶公主。公主被华丽的车马以及随从送到了木尔特—贝那的王国的头两座边境城市，到了第三座城市的时候，她见到了奉父王要求前来迎接他的贝拉夫瓦尔王子。大家奇怪地发现这位年轻王子却随着婚期的临近而显得十分担忧，而这一婚事却是依照他自己的愿望安排的。国王本人其实对他也不是很满意，所以不管他是不是愿意，都叫他前来亲自迎接公主。

贝拉夫瓦尔一见公主就被她的美貌所吸引了。他向公主表示祝贺，但神色却显得非常惭愧，两国宫廷人员还以为是因为他沉醉于爱情才表现得不好意思呢。全城欢声雷动，到处都是焰火和音乐。豪华的晚宴结束之后，人们准备把两位新人送入洞房。

因为谨慎的公主始终记着仙女嘱咐她的格言，菲耐特早就想好了应付的主意。她笼络了一位掌管卧房侧室钥匙的使女，让她准备一些稻草，一个球胆，以及一些羊血和宴会上用过的猪羊肠子。她找了个借口躲进了侧室里，然后用这些材料做成一个草人，在草人的肚子里放满了肠子和灌满羊血的球胆，然后再在它身上穿上女人的衣服，戴上睡帽。做完了这个漂亮的假人之后，她又回到了宾客中间。

没多久，人们便把新郎和新娘带进洞房里，宫女们服侍他们洗漱完毕后，就拿着烛台离开了。菲耐特立刻把草人放到床上，而自己则躲在房间的一个角落里。王子大声地叹了几口气，然后拔出宝剑，向假公主刺去。他立刻察觉鲜血到处溅，床上的人一点都不动了。

贝拉夫瓦尔失声喊起来，"我干了什么？啊！经过这么久的焦虑不安以及无数次的犹豫动摇，我还是犯下了如此的罪行！我杀死了我最爱的美丽的公主——当我第一眼看到她时就爱上了她，但是我却无力违抗向残暴的哥哥立下的誓言，这是他用出乎预料的卑鄙手段诱使我立下的誓言。呵，天哪，难道人们要惩罚的竟是这样一位品性高尚的女子吗？好吧，里什戈丹尔，我已经为你报了不义之仇，那么现在我要以我的死来抵菲耐特的性命了。是的，美丽的公主，应该用这同一把剑……"刚说到这里，王子便激动得不能控制自己了，剑从手里掉到了地上。

菲耐特发现他正要拾起剑刺向自己的胸膛时，就立刻叫道："王子，我在这里！其实我知道你有一颗善良的心，我猜测你这样做一定会后悔的，所以就安排了这场善意的骗局，使你逃过了一次罪行。"

王子看到公主还活着，高兴极了，接着，菲耐特向贝拉夫瓦尔讲述了她的预见以及制作草人的经过。王子无比感激她能够聪明地运用机智和谨慎，使他没有犯下这一可怕的罪行。他无法理解自己为什么那样没用，不能先前预见到别人会用诡计诱使他立下的这个可怕誓言的危险后果。

如果不是菲耐特谨慎小心，自己不仅会被杀害，而且人们还会在茶余饭后议论贝拉夫瓦尔的反复无常的性格。王子和公主从此以后彼此真诚相爱，一直过着很幸福的生活。

就让谨慎和机智永存吧！它把一对情人从一切可怕的灾祸中解脱拯救出来，并且给他们最美好的命运。

青　鸟

在很久很久以前，有一个国王特别的富有。他的妻子死后，他感到非常伤心，整整一个星期，都把自己关在书房里，甚至往墙壁上碰撞自己的脑袋。为了他的头部不受伤，人们就在墙壁和挂毯之间衬上了一层特别厚的垫子。

全体大臣经过相互讨论，决定去朝见他。他们费了很大的力气，对他说了一大通宽心的话。然而这些话丝毫没有打动国王的心，他只是强忍着听听而已。最后，他们给国王带来了一个女人。那个女人戴着面纱，穿着斗篷，丧服上还带着黑纱。她走到国王面前便大声哭起来，国王感到十分惊异。

国王接待了她，比接待其他人都要亲切。他们两人聊了很长时间，相互倾吐了心中的痛苦。这位标致的寡妇——因为她说她在痛哭自己的丈夫——看着已经没有什么可以说了，便把低垂的面纱微微撩起。

伤心的国王看了她一眼，只见她那对蓝色大眼睛在长长的黑眼睑里不停地打转，容貌十分迷人。于是国王转忧为喜，兴奋地注视起她来。慢慢的，他开始不大谈自己的妻子了，后来几乎完全不提了，最后大家惊奇地了解到，他和那个寡妇结婚了。

国王的前妻只生了一个女儿，叫做芙罗丽娜，容貌仅次于世界上的七大奇迹①。国王再娶的时候，她才刚刚十五岁。新王后也有一个女儿，原来是由教母苏西奥仙女抚养，这时便被接了回来。这个女孩既不漂亮，也没有风度，人们都叫她特鲁托娜，由于她的脸上长满了白鲈鱼身上长得那样的小疙瘩②。她的黑头发上全都是油泥，谁都不敢碰它。她的黄皮肤上还老渗着油珠。可是王后却疯狂似的喜欢她。由于芙罗丽娜在各个方面都比她强，王后便借各种机会在国王面前批评芙罗丽娜。

有一天，国王对王后说，芙罗丽娜和特鲁托娜都已经长大了，该出嫁了。王后请求让她的女儿先出嫁，国王也同意了。过了几天，人们听说夏尔芒国王要来访问，于是国王准备用最盛大的礼节迎接客人。

知道这个消息后，王后便请来了所有的缝纫师、绣花匠以及各类工人，专门为特鲁托娜赶制各色漂亮的服装，她同时要求国王不许给芙罗丽娜添置任何新衣服。她还买通了芙罗丽娜的使女，叫她们在夏尔芒到达的那天把她的衣服、珠宝和首饰全部都偷走。如此一来，当芙罗丽娜想要梳妆的时候，即使只是一条头带也找不到。她只穿了一件非常旧的连衣裙，感到特别羞愧。夏尔芒国王到来了，她只好躲在客厅的一个角落里不敢出来。

王后用隆重的礼仪欢迎夏尔芒国王，并且向他介绍自己的女儿。可是夏尔芒却连一眼也没有看她，反而问起是否还有个公主名叫芙罗丽娜。"有啊，"特鲁托娜说，指着芙罗丽娜，"不就是躲在墙角里的那一位吗？你看她的衣服是多么破旧，真是脏得不像话！"

芙罗丽娜羞红了脸。然而她却因而变得非常美丽，竟使夏尔芒国王看呆了。他很快便站起身深深向公主鞠了一躬，说："小姐，你的独一无二的容貌使你跟天仙已经没有差别了，所以，其他所有装饰都是多余的。"

---

① 世界七大奇迹是埃及金字塔，亚述王后空中花园和巴比伦城墙，奥林比亚宙斯神雕像，罗德岛阿波罗神巨像，以弗所月亮女神寺，小亚细亚哈里卡那斯陵墓，亚力山大港灯塔。

② 特鲁托娜这个字在法语中与"白鲈鱼"和"母猪"谐音。

"老爷，"芙罗丽娜说，"我承认，我平常是不经常穿这样脏的衣服的。我本来也不抱希望你能够见到我。"

"一位如此可爱的公主被遗弃在角落里，叫人们不去搭理她，这是多么的不公正啊！"从这时起，夏尔芒国王就开始只跟芙罗丽娜一个人说话了。

当芙罗丽娜回到自己房间时，四个戴假面具的汉子把她强行关进了塔楼里。因为早在之前王后和特鲁托娜就跑到国王那里发了半天的牢骚，逼迫国王允许在夏尔芒访问期间把芙罗丽娜关在一个塔楼里不让她出来。

但是夏尔芒并不知道公主已经被关进了塔楼，着急地等待能够与她再次相见。他向国王派来的侍从询问公主的状态，侍从们都依据王后的命令对他说，说公主是个喜怒无常、怪里怪气、经常虐待朋友以及仆人的极品坏女人，她比谁都脏，而且还是个吝啬鬼。夏尔芒听了这些话后，抑制不住内心的愤怒。他想："不，这绝对不可能！一位举世无双的佳人怎么会有如此肮脏的灵魂？老天爷决不会如此安排的！"

他正寻思着，一位伶俐的侍臣便猜出了他的心事，于是就向他讲诉了公主的卓绝品德。夏尔芒听后马上就显出喜悦的神色。

这时可怜的公主正躺在可怕的瞭望塔的顶楼上。"如果我是在遇见这位可爱的国王之前被送到这里来的话，我应该就不会像现在这样如此难过了。"公主自言自语地说，"然而，我这样思念也只能增加我的痛苦，王后很可能不想让我再跟他见面，所以才这样狠心对待我的。"

为了笼络夏尔芒国王，王后费劲心机，对他表示无比的关怀，还派人送给他非常贵重的衣服以及爱情骑士章。这些东西都是以前她强求国王在他们结婚的那天置办的。她还送给他一本爱情骑士故事书，这本书是用上等羊皮纸做成的，书里还附有彩色插图，所有的故事都用风流动人的笔调写成。王后的仆人告诉夏尔芒，这些礼物是他之前见过的那位公主献给他的。公主请他做她的护花使者。

"什么？难道是美丽的芙罗丽娜公主吗？"他问道。"国王，你认错人了。"来人说，"其实我是受可爱的特鲁托娜派遣来的。"

"特鲁托娜竟然要我当她的保护人？"国王严肃而冷淡地问，"可惜的是我不能接受这一使命！"他马上就把这本书放回了筐子里，把所有的礼物都退还了王后。王后和她的女儿几乎快要气疯了。

夏尔芒之后去探望国王和王后，希望能在他们的住处见到芙罗丽娜。他四处寻找，最后终于询问公主究竟在哪里。"老爷，"王后带着傲气的神情说，"她的父王不允许她在我女儿结婚前走出她自己的房间。""为什么把这位公主关起来呢？"夏尔芒国王问。王后厚颜无耻地答道："我也不知道。"

夏尔芒感到非常生气。他斜眼瞪了一下特鲁托娜，于是很快便离开了王后。陪伴夏尔芒国王的还有一位年轻王子，他很受国王的喜爱。国王回到卧室后，就让他不惜任何代价去争取公主身边的使女，希望能够让他见上公主一面。王子找到了一个宫女，她告诉王子，芙罗丽娜将会在当天晚上对着花园的一个很低的小窗边等待国王。王子告诉了国王约会的具体时间，可是这个坏心肠的宫女也马上就向王后告了密，于是王后让自己的女儿到小窗边去等候。

当天夜色特别黑，所以聪明的夏尔芒国王没有办法识别王后布下的圈套。他怀着十分兴奋的心情走近窗户，却把要对芙罗丽娜讲的话都向特鲁托娜倾诉了。他要她相信他的真诚的爱情，一边取下自己手上的戒指戴到特鲁托娜的手指上，向她表示海枯石烂永不变心。国王还说，只要她决定一个离开的时间，他俩就能够离开这里。

对于国王那一番充满激情的话，特鲁托娜做了尽可能完美的答复。然而尽管这样，国王还是发觉她说不出一句衷情的话来。她可能是怕王后发现他们的私下约会而过于紧张了吧？国王这样想了一下，才没有觉得太痛苦。他俩约定第二天同一时刻再次约会，之后就分别了。

王后听说约会非常成功，心里抱满了希望。果然，过门的日子决定以后，夏尔芒坐着飞蛙驾驶的飞椅——这是一位魔术师朋友送给他的礼物——前来迎娶。那天正是黑夜，特鲁托娜神秘地走出来，夏尔芒上前拥抱她，很多次发誓会永远地忠实于她。

国王不想一直坐在飞椅上跟心爱的公主结婚，就问她愿意去什么地方举行婚礼。特鲁托娜便说，她的教母苏西奥是个特别有名的仙女，她希望能够去她的城堡举行婚礼。国王立刻向飞蛙发出命令，没多久他们便到了苏西奥仙女那里。苏西奥仙女的城堡特别亮，但是因为公主严实地罩着面纱，国王走下飞椅后并没有发现自己受骗了。特鲁托娜告诉教母她把国王骗来的原因，要求她用好话劝说使国王顺服。

"啊，我的孩子，"仙女说，"这事真的很难，他跟芙罗丽娜相爱呵！"

此时夏尔芒国王正在大厅里等待她们。这个大厅的墙壁都是用纯净透明的钻石砌成的，国王十分清楚地看到了苏西奥和特鲁托娜谈话的情景，他还认为是自己在做梦呢！"啊，难道是我被骗了？"他说，"魔鬼在打扰我们的宁静吗？"

没多久，她们两人走进大厅。苏西奥以难以分辩的语调说："夏尔芒国王，这位是特鲁托娜公主，你已经向她许下了诺言。她是我的教女，我希望你马上跟她结婚。"

"我？我怎么会跟这个魔鬼结婚呢？"国王高声喊道，"快把我的公主还给我！"

"难道我就不是你的公主吗？你可不能违背谎言呀！"特鲁托娜说着便伸出戴着戒指的手，"这只戒指是你的定情信物，你到底是给了谁啊？"

"怎么？"国王说，"啊，我受骗了！快，我的飞蛙们，快点让我立刻离开这里。"

"嘿，这你可做不了主！"苏西奥说着便用手触了他一下，他的脚便立刻就不能动弹了，如同被钉子钉在地上一样。"你即使拿石头把我砸死，我也只喜欢芙罗丽娜，我是决不会喜欢另一个人的！"

苏西奥和特鲁托娜不停地劝说他、喊叫以及威胁，这样整整维持了二十多个昼夜。最后苏西奥对国王说："现在就由你决定吧：要么受七年苦刑，要么立刻跟我的教女结婚。"

"随你的便吧！"国王叫道，"只要我能离开这个讨厌鬼什么都可以。"

"你才是讨厌鬼呢！"特鲁托娜十分生气地叫起来，"你这个可笑的国王，带着一群从池塘里找来的佣人，竟然到我的国家来羞辱我，而且还背信弃义！"

"你的责骂是那么的动听啊，"国王用讽刺的语气说，"我真该娶了你这么个可爱的美人！""不！不！"苏西奥也生气地嚷起来，"你要是想的话，现在就能从这个窗子里飞出去，在以后的七年中，你将会是一只青鸟！"

于是国王立刻变成了一只鸟儿。他发出一声惨叫，便展翅飞出了苏西奥的阴森森的城堡。青鸟怀着十分伤心的心情在树林里徘徊盘旋，只选择那些为丧事和爱情而生长的树木上栖息。他一会儿停在山桃上，一会儿落在丝柏上，并且唱着凄凉的歌，感叹着自己和芙罗丽娜的不幸命运。

苏西奥仙女把特鲁托娜又送回到了王后那里。王后听了之前发生的一切，就跟女儿一块上了塔楼。她叫特鲁托娜穿上最漂亮的衣服，并且戴上钻石王冠，还选了三名全国最有钱的男爵的女儿为她捧着裙裾。另外，特鲁托娜还把夏尔芒国王的那枚戒指——芙罗丽娜与国王谈话时曾经见到过它——戴在了自己的手上。

看到特鲁托娜打扮得如此漂亮，芙罗丽娜大吃了一惊。"我的女儿来给你送她的新婚礼物来了，"王后说，"夏尔芒国王已经和她结婚了。"她随后把锦绣织品、各种宝石、缎带、花边等摆到公主眼前。

公主无法相信自己的悲惨命运，伤心得晕了过去。残忍的王后看到计谋已经得逞，于是便欣喜若狂，竟然还不许别人救护公主，让她一个人孤零零地呆着。

这时，夏尔芒国王，或者更准确地说，那只美丽的青鸟，不停地在王宫周围飞翔。他认定他的亲爱的公主现在被关在里面，于是便想尽一切办法飞近每个窗口，向里面窥视。

青鸟飞累了，正巧在芙罗丽娜的房间窗外，有一棵高大的丝柏。于是青鸟便飞到了那棵树上栖息。他刚落到树上，就听见了有人感叹的声音："哎，到底什么时候才能结束我痛苦的命运呢？"她说，"你的卑劣的女儿与夏尔芒国王一起享受着幸福，却让我来做他们幸福的见证人。你如此地折磨我难道还不够吗?"

青鸟听完这几句话,越听越觉得像是他可爱的公主,就说道:"亲爱的芙罗丽娜,你的痛苦是可以解除的。""哎,谁在和我说话呀?"她问道,"这是多么让人觉得安慰的话啊!"

"是一个悲惨的国王。他爱你,并且永远只爱你一个人。"青鸟刚说完这句话,就飞到了芙罗丽娜的窗台上。芙罗丽娜对这只能跟人说话的聪明而奇怪的鸟儿起初感到有点害怕,但是他那美丽的羽毛以及刚才所说的话让她安下心来。

"我能够再见你吗,我的公主?"他说,"能让我在这悲苦之中享受一下幸福吗?""你到底是谁,可爱的鸟儿?"公主说着,便用手温柔地抚摸他。"其实你刚才已经说出了我的名字,"国王说,"可你还假装不认识我。"

"什么?你就是世界上那个最强大的国王,夏尔芒国王吗?"公主说,"可是为什么会变成了我手掌中的十分小的鸟?""哎,美丽的芙罗丽娜,这是真的!要是还有什么能够安慰我的话,那就是我宁可在七年里变成一只小鸟,也不愿放弃我对你深深的爱。""对我?"芙罗丽娜说,"可是,你不是已经和特鲁托娜结婚了,我看见你的戒指都戴在她的手指上……""哦,天哪,这怎么可能呢!"国王打断了她的话,"她们假借你的名义,骗我接走丑陋的特鲁托娜。当我一发现受骗了,就将她抛弃了。"

美好的时间总是过得特别快,天很快就亮了,大部分侍从都起床了,青鸟和公主还在一起交谈。最后他们相约在每天夜里见面,然后就分别了。

久别重逢的喜悦实在是难以形容。芙罗丽娜一直在为青鸟担心,"有谁能够保护他不受猎人的伤害呢?"她想,"而且还要防备那些凶狠的老鹰以及凶猛的秃鹫的利爪!"

躲在树洞里的可爱的小鸟第二天一直都在想念他可爱的公主。为了向芙罗丽娜表示真诚的情意,他飞回自己国家的首都,飞回到他的王宫里,从一个玻璃破了的窗子飞进了内室。他从那里取了一副钻石耳环,在那天晚上就带给了芙罗丽娜，请求她戴上。

"要是你能够白天来，我就戴上它。"公主说，"现在你跟我只能在晚上相会，所以就不用戴了。"鸟儿同意在公主想要的时间飞到塔楼里来，公主马上就戴上了那副耳环。

第二天，青鸟又飞回了自己的国家，飞到了他的王宫里，从一个破碎的玻璃窗子飞进了内室。他取了人们从来没有看到过的十分贵重的手镯，又把它送给了芙罗丽娜。

第三个晚上，这只痴情钟情的鸟儿又给他的公主送去了一只镶着珍珠的漂亮的钟表。"你送我钟表实在是没有用处。"公主温柔地说，"当你不在我身边的时候，我觉得时间过得十分慢；而跟你在一起时，又觉得时间过得特别快。所以我无法用一个准确的标准来衡量它。"

东方刚刚破晓，鸟儿又飞回他的树洞，在那里吃一些果子来充饥。有好几次，他还唱了几首悦耳的歌曲，歌声引来了过路的行人。

他每天都会给芙罗丽娜送去一件礼物，最后，公主积累了一大堆特别华美的珍宝。但是她只在夜里把这些首饰拿出来打扮自己，以便让国王看了高兴。到了白天，因为没有地方可以存放，她就小心翼翼地把它们都藏在草垫子里。

就这样，两年的时光过去了，尽管寂寞的时间很难熬，芙罗丽娜从来没有为自己被幽禁而悲叹过一次。在这期间，令人讨厌的王后为了嫁出自己的女儿一直做着徒劳的努力。她派了好多使节到任何她知道名字的国王那里为特鲁托娜说亲，可是那些使节一到那里就立刻被拒绝退回了。

"如果是说芙罗丽娜公主，我们就会乐意地接待你。"人们对这些使节说，"如果是特鲁托娜嘛，她大可以继续当她的处女，没有任何人会反对的。""什么！这个可恶的丫头关了禁闭还要来破坏我们的计划！"王后说，"她一定是跟外国有秘密勾结，至少是个叛国犯。就用这个罪名惩罚她，要想尽一切办法使她招供。"

于是她们决定到塔楼上去审问她。那天正是半夜里，芙罗丽娜用珍珠和宝石装扮一番后与青鸟一起在窗旁站着。她的房间里撒满了鲜花，刚刚点燃的几枝西班牙圆柱香发散着诱人的香气。

王后把耳朵贴在门上偷听，她好像听到有两个人在小声歌唱——其实她没有听错。"啊，特鲁托娜，我们上当了！"王后立马喊起来，粗暴地推开门，一下子就冲进了公主的房间里。

芙罗丽娜一看到这种情景，就立即打开窗子，让鸟儿飞了出去。王后和她的女儿露出一副母夜叉般的凶相，步步直逼芙罗丽娜，仿佛要把她吃掉。

"你竟敢串通外国人，背叛自己的国家！"王后嚷道。"和谁呀，夫人？"公主反问，"这两年以来，你不是一直都囚禁着我吗？"

公主说话时，王后和她的女儿好奇地打量起她的全身：她那令人惊叹的容貌以及美妙无比的装饰使她们两人都惊呆了。

"你从哪里弄来的这些宝石？"王后问道。

"就是在塔楼里找到的。"芙罗丽娜回答说。

"你骗不了我们的，"王后说，"有人送给你漂亮首饰，就是为了叫你出卖你父亲的国家。"

"我难道能不受拘束地干这种勾当吗？"公主蔑视地笑着说。

"那么你又为了谁把自己打扮成一个小妖精似的？"王后接着问，"你的房间里弥漫着香气，你的全身上下又穿戴得那么漂亮，在整个宫廷里原本不是数你最不爱打扮的吗？"

"那是因为我现在有很多时间来做这些事。"公主说。

"别说了！"王后叫起来，"来，立刻检查一下，看看这个自认为清白无辜的人到底有没有私下勾通敌人。"

她于是开始到处乱找乱翻，没多久就把草垫子掏空了，从里面搜出来很多钻石、珍珠、红宝石、黄玉和翡翠。她不知道这些珍宝究竟是从哪里来的。为了陷害公主，她带来了几张伪造的证据，趁公主不注意的时候，她便把那几张纸塞到了壁炉里。这时青鸟正好栖在壁炉的烟囱上，他就大叫起来："芙罗丽娜，小心！你的敌人想用恶毒的叛国罪来陷害你呢！"这声音来得那么突然，吓得王后不敢再继续搞她的诡计了。

"你听见了吧，夫人？"公主说，"连空中遨行的神灵也在保佑我呢。"

"我想这应该是魔鬼在关心你吧。"王后气愤地说，"可是，即使有他们，你的父亲为了自己的利益也会惩罚你的。"

王后说完之后就离开了公主，与她的亲信继续商量对付公主的办法。这伙亲信认为，最好的办法是拿到公主串通外国的证据。于是王后采纳了这个主意，于是就立刻派了一个女孩去公主房中陪她睡觉。

这个女孩在公主面前装得特别老实，暗地里她却按王后的命令对公主说，她是被派来侍奉她的。可是这种特别笨的借口又能骗得了谁呢？公主其实知道她是王后派来的奸细。公主不敢再去窗口边了，尽管听到她的亲爱的小鸟在窗外飞翔。她在房间里待了整整一个月，一直没有在窗口露面。窗外的鸟儿都等得绝望了。

王后的暗探日夜监视了一个月，感到特别困倦，最后便深深地睡着了。芙罗丽娜于是就趁机打开小窗子，大声叫起来：

青天般的青鸟啊，

快快飞来我身旁！

鸟儿听得非常清楚，马上飞到窗台上。重逢的喜悦真是难以表达，两人又无数次地互相表白爱情和忠贞。最后，分别的时刻来临了，在监视者还没有醒来之前，他们依依惜别。

第二天，暗探又同昨天一样睡着了，公主又到窗口叫唤起来：

青天般的青鸟啊，

快快飞来我身旁！

鸟儿又立刻飞来了。这一晚上和前一晚上一样，一对情人悄悄地约会。他们庆幸监视者睡得那么沉，但愿她每天晚上都这样！

第三夜过得也十分顺利。但是到了第四夜，睡在床上的女孩听见了一些他们的动静，她假装睡着继续偷听。她从月光下看到那只世界上最漂亮的鸟儿在与公主交谈，并且用爪子轻轻地抚摸她，并且用鸟喙温柔地亲吻她，她甚至还听清了他们之间的谈话。

天亮后，公主睡着了，夏尔芒国王也回到了他的树洞里。监视公主的女孩匆匆忙忙地跑到王后那里，报告了她所看到和听到的一切。王后把特鲁托娜找来商量，她们断定青鸟应该就是夏尔芒国王。"我们受骗了!"王后喊起来，"啊，我要进行残暴的报复，要让她永远忘不了我厉害的地方!"

王后又把她的密探送到塔楼里，并且嘱咐她夜里要装得比平常睡得还要香。

到了晚上，被暗中监视的可怜的公主打开了窗户，喊道：

青天般的青鸟啊，

快快飞来我身旁!

相爱的两个人中了王后的奸计，终于开始互相怀疑起来。她喊了整整一个晚上，鸟儿还是没有飞来。原来，可恶的王后派人在那株丝柏上插上了匕首和刀剪，当青鸟到树上栖息时，这些凶器正好刺伤了他的脚，他又跌落到别的刀剪上，碰伤了翅膀以及身上其他部分。他十分艰难地逃回了自己的树洞，沿途洒下了一缕缕的鲜血。小鸟对自己的生命并不在意，但他却误以为这是芙罗丽娜的阴谋。

国王的朋友魔术师看见了飞蛙驾椅回来，可是却不见国王，便连续好多次出去寻找他，可是始终没有国王的下落。他第九次出去时，到了国王所在的树林里。根据国王之前跟他约定的信号，他吹起了角笛。他吹了好一会儿，又用力喊道："夏尔芒国王! 夏尔芒国王! 你在哪里啊?"这样连续喊了五遍。

国王听出了是他好朋友的声音。"快到这棵树边来，"国王说，"你可怜的国王正躺在血泊里呢!"

魔术师向四周寻找，可是什么也没有发现。

"我是青鸟。"国王用疲倦而微弱的声音说。

魔术师听到了这句话，很快便在一个小小的鸟巢里找到了国王。魔术师只开口念了几个字，国王的流血就止住了，接着他让国王完全恢复了健康，恢复得如同从来没有受过伤一样。魔术师询问国王为什么会变成了鸟儿，是谁把他害得如此凄惨。国王说，都是因为芙罗丽娜泄露了他们约会的秘密，她为了不跟王后闹翻，答应在丝柏上插上刀剪和匕首，害得他几乎丧命。

"你真是太不幸了，"魔术师说，"你可不能再去爱这个忘恩负义的人了！"青鸟并没有回答，因为他仍然爱着芙罗丽娜。

国王让他的朋友把他带回他的家里，最好关在一个笼子里，从而避免猫儿和各种凶器的伤害。

芙罗丽娜，满怀悲伤的芙罗丽娜，因为见不到国王觉得痛苦极了。她整天都靠在窗旁，不停地喊着：

青天般的青鸟啊，

快快飞来我身旁！

她完全不顾王后的暗探在场，一直这样做。她悲伤得一点东西都吃不下。

王后和特鲁托娜终于得逞了。

没有多久，芙罗丽娜的父亲由于年老去世了。坏心肠的王后和她的女儿也开始了厄运：人民知道她们是奸诈的人物，就集结起来，冲进了王宫，要立芙罗丽娜公主为国王。王后想用高压手段对付那些群众，反而引起了更大规模的暴动。群众打破了王后住宅的大门，夺走了她的财产，最后还用石块把她砸死了。特鲁托娜仓皇地逃走了，去找她的教母苏西奥了。

王国的长老们聚集起来，到了塔楼里。公主在那里已经病得很严重了，根本就不知道这发生的一切事情。她听到嘈杂的人声，还以为是要把她抓走处死呢。然而她的下属进来后却跪倒在她的脚下，告诉她刚刚发生的那件可喜的事件。公主听了一点也没有感到激动。人们把她带到了王宫，并且为她加了冕。

公主决心离开寻访青鸟。于是她任命一个大臣，来代替她处理国家大事。然后，她就带了大量的珍宝，在一个晚上独自离开了王宫，谁都不知道她去什么地方了。

魔术师正在为夏尔芒国王担心。因为他没有足够的本领解除苏西奥的力量，于是决定亲自去找她（他们两人认识已经五六百年了），想跟她达成某种协议，让国王恢复原来的样子。

苏西奥仙女非常高兴地接待了他。"我的伙伴，"魔术师对她说，"我是为了我特别要好的朋友，也就是一位几年来一直受你折磨的国王而来的。""哈哈，我懂了！"苏西奥说，"但是，如果他不娶我的教女的话，那么他的赦免是没有任何希望的。"

魔术师一想到特鲁托娜是多么的丑陋，就不再说什么了，然而，他不情愿这样就回去。经过一番争论，他与苏西奥终于达成这样的协议：苏西奥让特鲁托娜在夏尔芒国王的王宫里住几个月，而国王一定得在这期间作出跟她结婚的决定，如果这样他就可以恢复他原来的样子。要是国王再拒绝与她成亲，仙女还会重新把他变成鸟儿。

仙女和特鲁托娜到了夏尔芒的王国，并且与夏尔芒以及他忠实的朋友魔术师相见了。仙女敲了三下仙杖，国王马上就恢复了人形，然而他一想到要与特鲁托娜结婚，不禁打起寒颤来。

这时，芙罗丽娜公主披着一头散乱的头发，穿着一身破旧的衣服，头戴草帽，背上驮着包袱，来寻访青鸟了。她有时走路，有时骑马，有时乘车，有时坐船，心里总是不安地想着：她在这边寻找，而国王现在是不是会在另一边呢？

有一天，她来到了一个清泉边，想要洗洗脚。一位过路的矮小老妈妈停下来问她："你在干嘛呀，美丽的姑娘？难道没有人陪伴你吗？"

"善良的老妈妈，"公主回答，"我之所以没有让人陪伴我，是因为我心里充满了痛苦、烦恼和忧愁。"公主说着话，便伤心地流下了眼泪。

"啊，你哭了！你还那么年轻。"老妈妈说，"不要伤心了，我的姑娘，老实地告诉我，究竟是什么事使你如此痛苦？"

于是公主把自己的伤心事儿都告诉了老妈妈。听完这些话，矮小的老妇人伸了伸腰，立刻就变成了一个美丽、年轻、衣着漂亮的女子，并且和蔼地对她微笑。

"美丽善良的芙罗丽娜，"她说，"你要寻找的国王现在已经不再是一只鸟儿了，我的妹妹苏西奥使他变回了原来的样子，他现在已经回到了自己的王国。不要伤心，你一定会找到他的，你的愿望也一定能实现。我现在给你四个鸡蛋，你在非常需要的时候可以将它们打碎，它们就会帮助你的。"说完话仙女就消失了。

芙罗丽娜把鸡蛋放在口袋里，然后便向夏尔芒的王国走去。

她一直不停地走了整整八天八夜，然后来到了一座山脚下。这座山高耸入云，全部都是由象牙堆成的。山的周围也都是悬崖峭壁，让人无法攀登。她试了好几次都没有成功，于是便躺在山脚下，想死在那里。

这时她忽然想起仙女给她的鸡蛋，于是便打碎了一个。她从鸡蛋里取出了很多小小的金钩，并把它们套在自己的手脚上，于是便顺利地爬上了象牙山。到达山顶以后，要下山时她又为难了。那山坡是一整块冰堆成的，就像是一面大镜子。六万多个女子在那里兴奋地对着这面镜子，不停地摆弄她们的千姿百态。这一景象招来了很多男人，因为他们也非常喜欢那样的镜子。从来没有人登上这个山顶过。这些女子看到芙罗丽娜，都使劲地叫喊起来："这个可恶的机灵鬼要去哪里啊？别让她破坏了我们的镜子！"

公主不知该怎么办，于是又打碎一个鸡蛋。鸡蛋里先飞出了两只鸽子，然后又出来一辆马车。马车突然就变得很大，可以让人很舒服地坐在上面。然后鸽子轻轻地飞到公主身旁，公主告诉它们："小朋友们，如果你们能把我送到夏尔芒国王的宫殿里，我一定会记着你们的大恩大德的。"

鸽子驾了车，一直飞啊，飞啊，终于飞到了国王的城门口。然后芙罗丽娜下了车，并温柔地亲吻了这对鸽子。

她在走进城里时，心里特别紧张。为了不让人们认出她，于是她把脸涂抹得特别脏。然后，她向过路人打听如何才能见到国王。但可怜的公主却遭到了嘲笑，"想要见国王？"行人们笑起来，对她说，"嗨，你有什么事要见他，低贱的朋友？快回去先把脸洗干净了，你这双眼睛还不配见我们的国王呢！"

公主一心只想见到国王，所以面对恶言恶语，她也没有辩解，她继续向别人询问在哪里能够见到国王。有人告诉她说，明天国王将与特鲁托娜公主一起到教堂去，因为他已经同意和特鲁托娜成亲了。天哪，好可怕的消息！特鲁托娜，这个低贱的特鲁托娜竟然要和国王成亲了！芙罗丽娜差一点就晕了过去。

公主找了个地方过了一个晚上，第二天早起就立即向教堂跑去。她遭到卫兵许多次拦截，最后终于冲了进去。国王最先到达，之后特鲁托娜也来了。尽管她打扮得花枝招展，但由于面貌丑陋，所以看上去都叫人害怕。

"你是谁？"她问芙罗丽娜，"竟敢接近我漂亮的脸，还敢挨着我的金御座？"

"我叫米素云，"公主回答，"我从很远的地方来到这里，来向你们出售稀有的宝贝。"说着她便从布袋里掏出了夏尔芒国王曾经赠给她的翡翠镯子。"啊！……"特鲁托娜叫起来，"好美丽的玻璃制品啊！""你想用五个苏①买一个吗？"公主说，"公主，你还可以先拿给识货的人瞧瞧，然后再谈价钱。"

为了证明镯子的价值，特鲁托娜走到御座前，把镯子给国王看。国王一看到镯子，就想起了这是他先前送给芙罗丽娜的东西。他脸色发白，长叹了一口气，很长时间都说不出一句话来。

最后，国王说："我认为，这些镯子的价值应该能抵得上我的整个王国。我原本以为世界上只有一付这样的镯子，然而想不到又见到了一样的东西。"坐在宝座上的特鲁托娜脸色比张开壳的牡蛎还要丑陋，于是她便问公主这付镯子要卖多少钱。

"小姐，如果要说付钱，你应该会感到很为难。"公主说，"我们最好还是换一种办法进行交易：如果你能够让我在王宫的回声室里睡一晚上，那么我可以把这付镯子白白地送给你。"

---

①　法国旧货币中的最小单位。

"我很愿意，米素云。"特鲁托娜说着便咧开她那死鱼般的嘴大笑起来，从嘴里露出的长牙甚至比野猪的牙齿还要可怕。

为什么公主要回声室呢？原来，在国王变成青鸟的时候，向公主讲过在王宫里有个叫回声室的房间。那个房间设计得特别精巧，任何人在里面小声说话都能够被睡在自己卧室里的国王听到。由于芙罗丽娜想要责备国王背信弃义，于是便想出了这个办法。

按照特鲁托娜的命令，人们把公主领到了回声室。于是她便在那里倾诉起对国王的怨恨来，并且表白了自己的后悔心情，一直说到第二天天明。宫中的侍从听她整夜叹息和唠叨，于是就向特鲁托娜作了报告，然而芙罗丽娜的话国王却一句都没有听见。因为自从他爱上芙罗丽娜之后，他一直都睡不着，为了能在晚上得到休息，于是他服用了鸦片。

第二天，公主感到十分担忧。"如果他听见了我所说的话，"她想，"他怎能可以这样冷酷无情，都不理我呢？如果他没有听见，那我又该怎么办才好呢？"

这时她已经没有那些稀奇的珍宝了，得必须再找一些东西来吸引特鲁托娜。她于是又敲碎一个鸡蛋，从鸡蛋里出来了一辆亮晶晶的镶着金钢的马车，六只绿色的小老鼠拉着这辆车，在他们前面由一只玫瑰色的田鼠来领路。车夫也是一只亚麻色的田鼠。四个木偶坐在马车里，正在表演十分好玩的游戏。公主一看到这个新奇有趣的玩艺，特别高兴，于是不声不响地一直等到晚上。晚上的时候，特鲁托娜到外面散步，公主也来到一条小路上。她让小老鼠拉着马车，让田鼠和木偶在路上奔跑。特鲁托娜看到这个稀奇的玩艺儿，感到特别好奇，连声叫道：米素云，米素云，如果我给你五个苏，你可以把小老鼠拉的马车卖给我吗？"那就让我在回声室里再睡一夜吧，那我就不要你的钱了。"公主回答。那行吧！可怜的家伙。"特鲁托娜说。

这天晚上，芙罗丽娜又白费了力气，尽管她倾吐了对国王最动人的感情，但是，国王又服用了鸦片。

现在她的口袋里只剩下一个鸡蛋了，她只能把最后的希望寄托在最后这只鸡蛋上了。她把它打碎后，从里面取出了一只用肉片包裹的精心烹饪的包子，包子里还有六只小鸟，正唱着美妙动听的歌，讲着好听的故事。它们还会帮人治病，医术甚至比埃斯古拉帕①还要高明。

于是公主抱着最后的希望，拿着那个会说话的包子，来到特鲁托娜的客厅里。这时国王的一个侍从走近她说："米素云，你知道，幸好国王晚上服用了鸦片，不然又会被你吵得头疼了。你夜里怎么老是说个没完！"

于是芙罗丽娜从口袋里掏出一些东西，对侍从说："我不知道会影响到国王的休息。不过，如果我今晚还睡在这个房间里，请你别再给国王吃鸦片了。你要是同意的话，我就把这些珍珠还有钻石都送给你。"于是侍从便答应了照她说的话去做。

不久，特鲁托娜来了。她看到公主正拿着那个包子，装作正准备要吃的样子。

"米素云，你在干嘛呀？"她问。"小姐，"公主说，"我正准备吃掉这些星象家、医生和音乐师呢。"

这时候，所有的鸟儿都开始唱起歌来，他们唱得比美人鱼唱得还要好听。接着它们又喊道："给一个银币，帮你预测好运气！"叫得最响的是一只鸭子："嘎，嘎，嘎，我是医生，我能治好所有的疯子，能医好所有的病——除了相思病。"

特鲁托娜见到这么好玩的东西，就惊奇地说："啊，好神奇的包子！我想要这个。米素云，你要多少钱？""还是原来的要求，"公主说，"再在回声室里睡一晚上，别的什么都不用。"

夜幕降临后，芙罗丽娜又去了回声室。她知道别人已经都睡着了，就又一次开始倾诉起自己的苦楚来。

那天晚上国王一点儿都没有睡着。他清楚地听到了芙罗丽娜所说的话，却不知道这声音究竟是从哪里来的。他的心里充满了温情，回想起他可爱的公主来，于是他也在卧室里开始诉说起来："啊，公主，你对待你

---

①　希腊神话中的医神，太阳神阿波罗的儿子。

的情人实在是太狠了，难道你真的要把我出卖给我们共同的敌人吗?"

芙罗丽娜马上回答他说，如果找到米素云的话，那么一切都会明白了。

国王十分急切，便问侍从能否把米素云找到。侍从说这很简单，米素云现在就在回声室里。于是国王悄悄地来到回声室。这时公主已经锁上了门，但是国王手中有一把能打开宫中所有房门的全能钥匙。

国王看到公主已经脱去了粗布罩衣，身上只穿着一件轻薄的白色塔夫绸连衣裙。她躺在一张沙发床上，暗暗的灯光从远处照在她身上。国王赶紧走上前去，爱情的力量战胜了所有的怨恨。当他一认出公主，就立刻跪倒在了她脚下。公主只是叹着气，呆呆地看着国王竟说不出一句话来。当她有力气说话时，她已经没有勇气再责备国王了。

两个相爱的人有什么是不能原谅的呢? 他们终于相互澄清了事情的经过情形，证明两个人都是无辜的，造成他们灾难的真正凶手其实是苏西奥仙女。这时，热爱国王的魔术师以及给芙罗丽娜送鸡蛋的仙女一起来了。他俩一起保护了夏尔芒和芙罗丽娜，苏西奥在他们的联合力量面前也没有力量了，于是他们两人立即举行了婚礼。

天一亮，人们向全宫宣告了这一消息。不难想象，这对年轻的情人该是多么高兴啊，大家都很高兴地前来看望芙罗丽娜。特鲁托娜知道后，立刻跑来找国王，然而她一见到她的美丽的敌手，就吓得说不出话来。当她刚要张嘴大骂时，魔术师和仙女又出现了。他们马上就把她变成了一头母猪，这样至少部分地符合了她的名字以及她的喜欢骂人的本性。这头母猪嘀嘀咕咕地抱怨着，便很快地逃到猪圈里去了。

夏尔芒国王和芙罗丽娜公主终于摆脱了这个可恶的家伙，开始举行风雅而豪华的欢宴。夏尔芒跟芙罗丽娜经历了千难万险，经过了磨难，我想，他们现在是天底下最幸福的夫妇。

金发美人

从前有一个公主，她长得太美丽，举世无双。人都称她金发美人，因为她的头发比金丝还要纤细和纯洁。

那时候，邻国有个年轻的国王还没有结婚。他不仅人品端庄，而且还十分富裕。他听别人谈起金发美人后，几乎还没有见面，于是就热烈地爱上了她，因此他便决定派人去向她求婚。他为他的使节定制了一辆非常华丽的四轮马车，并且给了他一百多匹骏马，还有很多的仆人，并且嘱咐他一定要把公主接回来。使节到了金发美人那里后，就向她转述了国王的心愿。金发美人回答说，她非常感谢国王的好意，只是她现在一点也不想嫁人。使节没有能够把公主带走，就很担忧地回去了，把国王托他带给公主的所有礼物也都重新带了回去，由于公主非常明智，知道姑娘不能随便接受男子赠予的东西，因此一件也没有收下。

使节回到了国王那里。当时朝廷里有一个全国特别英俊、长得像太阳一样美的小伙子。他不仅风度优雅，而且才智过人，大家都称他阿韦南①。阿韦南说，如果国王派他去接金发美人，他一定能把她带回来。

人们马上报告了国王："国王陛下，您知道阿韦南说了什么吗？他说如果您派他去见金发美人的话，他一定能把她带回来，而且美人还将会爱上他，会一直跟随着他。""啊！"国王十分生气地说，"这个漂亮的小家伙竟然敢嘲笑我的不幸，他竟敢把自己看得比我还要高。来人啊，快去把他抓起来，把他关在我的大塔楼里，我要让他饿死在里面！"

---

① 法语：和蔼可亲的人。

于是国王的卫士把阿韦南送进了监狱。可怜的小伙子只有一小捆稻草做为床铺，要是塔楼底下没有一小股泉水可以让他喝上一口的话，那么他就会真的死在那里了。

一天，他感到实在是受不了了，于是便叹息着说："国王为什么要怪罪我呢？我对他比对其他任何人都还要忠诚，我可从来没有惹过他啊！"碰巧国王走过塔楼附近，听到了这位他以前宠爱过的人在说话。他停下脚步仔细听他说话，当他听到阿韦南可怜的怨言时，他流下了眼泪。于是他便派人打开塔楼，把阿韦南召到自己的跟前。

阿韦南踌躇地来到了国王面前。"陛下，"他说，"您如此严酷地对待我，我到底做了什么对不起您的事呢？"

"你嘲笑了我以及我的使节。"国王说，"你曾经说如果我派你去见金发美人，你一定能把她接回来。""是的，陛下。"阿韦南回答，"我会让她更好地了解您美好的品质，我相信她会同意的。"

国王觉得他并没有任何过错，于是就请他吃了一顿非常丰盛的晚餐，然后把他带到自己的书房里，并对他说："阿韦南，我一直爱着那位金发美人，我想命令你到她那里去。"阿韦南回答说，他非常高兴服从国王的命令，并且表示明天就可以出发。

于是星期一的早上，阿韦南拜别了国王，便动身去执行他的使命了。他一心想着如何才能使金发美人嫁给国王。他从清晨出发后，穿过了一片大草原，后来来到一片杨柳树下。在那里，他想着应该都向公主说些什么话。

突然，他看到草地上有一条金色的鲤鱼，张着很大很大的嘴巴躺在那里一动不动。原来，这条鲤鱼是因为想要捕捉小飞虫，从水中跳了起来，然后落到了草地上，现在就快要死了。阿韦南非常可怜它，于是就把它轻轻地放回河里。鲤鱼一直游到水底，然后又高兴地游回来对阿韦南说："阿韦南，如果没有你，那么我就死了。我会对你有用处的。"它向阿韦南说了这句话后就游走了。

继续前行时，阿韦南在走路的时候，突然看到一只乌鸦正被一只凶猛的老鹰追逐着。要是没有人去救它，它肯定会被吞噬的。阿韦南拽弓搭箭，瞄准了老鹰，嗖的一箭就刺穿了它的胸腔，于是老鹰掉在地上死了。高兴的乌鸦飞过来栖到一棵树上，并对阿韦南说："阿韦南，谢谢你好心地搭救了我，我不会忘记你的恩德的，我会对你有用处的。"阿韦南赞美了善良的乌鸦，然后又继续赶路了。

又有一天，他走进了一个树林，听到一只猫头鹰正在悲惨地啼叫。"啊，"阿韦南说，"这里应该有一只可怜的猫头鹰，落进了罗网吧。"他四处寻找，最后终于发现了捕鸟的大网。于是他举刀砍断了网络，猫头鹰又重新飞到了空中，接着拍着翅膀飞回来对阿韦南说："阿韦南，如果没有你的营救，那么我就死了。我非常感谢你，我会对你有用处的。"

阿韦南在路上不敢耽搁，于是很快便到了金发美人的宫前，那里的一切都是令人无比的赞叹。阿韦南是如此的端庄、和蔼，风度又是那样的高雅，因此他一到宫殿门口，所有的卫士都非常恭敬地向他致礼。后来，他们跑去报告金发美人，说有一位邻国国王的使者阿韦南来求见。公主一听到阿韦南的名字就禁不住说："我敢打赌，这位使者一定是个很漂亮的人，而且每个人都会喜欢他的。"

"的确是这样，小姐。"所有的宫女都对她说。"快，"公主说，"赶紧给我穿上那件蓝绸绣花的连衣裙，并且把我的金发散开，然后再戴上新的花环，我要让他去到处说我是个真正的金发美人。"

所有的宫女都忙着为公主梳妆打扮，之后公主来到挂着很多大镜子的走廊里，看看自己是不是已经打扮好了。然后，她登上金御座，命令宫女们奏起音乐，轻声地唱起美妙动听的小曲。阿韦南被领到了接见大厅。他站在那里赞叹了一阵，并且发表了美好的献辞，然后又对公主说，他将会非常高兴地陪同她一起回去。

"可爱的阿韦南，"公主对他说，"虽然你讲的这些话都很有道理，但是，你要知道，一个月前我在河边散步的时候，由于摘手套时手上的一个戒指不小心掉进了河里。那枚戒指对我来说甚至比整个王国还要宝贵。而且我已经发过誓，除非哪位使者向我介绍一位能够找到那枚戒指的丈夫，不然不管是谁向我求婚，我都是不会答应的。”

公主的回答使阿韦南感到非常吃惊。于是他向公主深深地鞠了一躬，然后请她收下他带来的一只小狗，一个花篮以及一条披肩。然而公主说，她不愿意接受任何的礼品。之后阿韦南回到了自己的住处，没有吃晚饭就睡下了。那只名叫卡勃里奥尔的小狗也不想吃东西，于是就走过来躺在了他的旁边。夜显得非常的长，阿韦南不停地叹息着。卡勃里奥尔对他说：“亲爱的主人，天亮以后我们就去河边吧。”阿韦南并没有回答，然后就发愁地睡着了。

卡勃里奥尔看到天亮了，就叫起来，把主人叫醒之后，就对他说：“主人，请你穿上衣服，我们一起走吧！”阿韦南非常高兴地起了床，穿好了衣服，然后沉着地向河边走去。

当他们走到河边后，他突然听到有人喊他：“阿韦南！阿韦南！”他还以为是自己出现了幻觉，说：“是谁在叫我？”卡勃里奥尔走近水边一看，然后对他说：“我看到一条金色的鲤鱼在水里。”那条大鲤鱼立即游过来对阿韦南说：“你曾经在阿里西埃的草地上救过我的命，要不是你，我早就死在那里了。我答应过要报答你。拿着，亲爱的阿韦南，这就是金发美人要找的那枚戒指。”于是阿韦南便从鲤鱼嘴里取回了那枚戒指。

他并没有回自己的住处，而是领着卡勃里奥尔一直奔向王宫。他被带到宫殿后，便向公主献上了那只戒指，说：“你的愿望现在已经实现了，你现在该同意嫁给我的主人了吧？”“啊，可爱的阿韦南，”金发美人说，“想必你是得到了某位仙女的帮助吧？”“小姐，”阿韦南说，“我并不认识任何仙女，而我的愿望就是服从你。”

“既然你有如此善良的愿望，那么我还有一件事要拜托你。”公主继续说，“离这儿很近的地方，有一个叫作卡里封的王子。他说一定要娶我为妻，要是我拒绝他，他就要摧毁我的王国。他是一个巨人，长得甚至比宝塔还要高，吃起人来就如同猴子吃栗子那样简单。当他去野外的时候，口袋里还装着几门小炮当手枪。他大声说话的时候，站在他旁边的人耳朵都会被震聋。你必须去把他打死，然后将他的头颅取来给我。”

"好的，小姐。"阿韦南说，"我现在就去和卡里封作战，我相信我可能会被他击败，然而我将会作为一个勇士而死去。"他立刻拿起武器，并把小狗卡勃里奥尔放在个筐子里，骑上一匹非常强壮的马，来到了卡里封的国度里。他向过路人询问有关卡里封的情况，所有的人都回答说那是一个实实在在的恶魔。卡勃里奥尔安慰他说："亲爱的主人，当你跟他作战的时候，我会扑上去咬他的腿肚子。如果他要是弯腰驱赶我，那你就趁机把他杀死。"

阿韦南终于到了卡里封的城堡的附近。那里所有的道路都盖满了那些被他吃掉的人的骸骨。阿韦南看到他从树林中走出来，他的脑袋甚至比最高的树梢还要高，嘴里还哼着非常可怕的歌曲。阿韦南也唱了起来。卡里封听到了歌声，便向四周巡视，然后就看到了手拿利剑的阿韦南。

为了把恶魔激怒，阿韦南骂了他几句。恶魔便大怒起来，然后拿起一根粗大的铁棍，想一棍子就把可爱的阿韦南打死。就在那时，有一只乌鸦飞到了那个恶魔的头上，并且用他尖硬的鸟喙啄去了他的眼睛。于是恶魔瞎了眼，流了一脸的血。阿韦南便抽出剑来刺向恶魔，终于把他杀死了，然后还割下了他的头。乌鸦栖在一棵树上，然后对他说："我并没有忘记你曾经为救我而打死了那只捉我的老鹰。我答应会报答你，我想今天我已经实现了这一诺言。"

阿韦南马上上了马，带着可怕的卡里封的头颅，回到了公主的宫里。"小姐，"他说，"你的敌人已经被我杀死了，那么我想你现在应该不会再拒绝我主人的请求了。"

"啊，很好。"金发美人说，"不过，在你回去之前，如果你不能把黑洞的水取来给我，我仍然不能答应他的要求。离这儿很近的地方，有一个大约六里长的幽深的山洞。洞口还有两条龙守卫着，不许任何人进去。龙的嘴巴和眼睛都是能喷火的。洞里有一个大石窟，里面有很多毒蛇以及癞蛤蟆。在那个石窟的下面，还有一个十分小的地窖，那里流着一股健美的清泉。而我想要的就是那里的泉水。"

于是阿韦南和小狗卡勃里奥尔便出发到黑洞去找健美泉水了。他来到了一个山顶上，坐在那里休息，想要让马吃点青草，于是就让卡勃里奥尔追着苍蝇玩了一会儿。

他知道那里离黑洞不远了，于是便向那个方向眺望。他瞧见一块像墨一样黑的怪石，从石缝里冒出来一股浓烟。过不久，一条眼睛还有嘴巴都喷着火焰的龙从里面出来了。卡勃里奥尔吓慌了，不知应该躲到哪里去才行。

阿韦南虽然也很害怕，但他硬着头皮，抱着拼死的决心，拔出剑走下山去，手里还拿着金发美人交给他的用来盛健美泉水的玻璃瓶子。当他走下山的时候，突然听见有人叫他："阿韦南！阿韦南！"他问："是谁在叫我？"一抬头，便看见一只猫头鹰正蹲在一棵老树的树洞里。猫头鹰对他说："曾经你救过我的命，我说过我会报答你的，现在应该是时候了。把玻璃瓶子给我吧，让我去替你装满健美泉水。"阿韦南非常高兴，于是真诚地感谢了猫头鹰。然后他拿着那瓶泉水爬上山，非常高兴地从原路回到了城里，后来一直走到王宫，并且把泉水献给了金发美人。

终于金发美人无计可施，答应出发了，于是便和阿韦南一起上路。然而她感到阿韦南非常可亲，好几次都对他说："如果你要是愿意的话，我会让你当国王。"然而阿韦南却回答说："我不愿给我的主人造成那样的伤心事。"

最后，他们终于到了国王的城里。国王得知金发美人来了，于是便亲自出来迎接她。国王怀着非常兴奋的心情娶了金发美人，把别的事情都给忘记了。

然而金发美人却从心底里爱着阿韦南，只有在她见到阿韦南的时候，她才会感到非常幸福。而且她还不停地赞扬他。有一些嫉妒阿韦南的人对国王说："难道您一点都没有嫉妒阿韦南吗，但是您有要嫉妒的理由：王后狂热地爱着阿韦南，甚至都吃不下饭了，只要一开口就只提他一个人。""真的吗？"国王说，"快把阿韦南带上镣铐关进塔楼里去！"

于是人们抓住了阿韦南，并且给他带上手铐脚镣，把他关到了塔楼里。小狗卡勃里奥尔一直跟随着他，并且安慰他，还向他汇报各种消息。

听到阿韦南失宠被关起来了之后，金发美人就跪在国王脚下，请求他把阿韦南放出来。但是国王并没有答应。国王想，金发美人可能是觉得他还不够漂亮，所以就想用健美泉水来洗自己的脸。这瓶泉水原本是放在王后卧室的炉台上的。

有一天，一个女仆不小心把它掉到了地上，瓶里的水都洒光了。女仆赶紧擦干了水，然而不知道该如何办才好。于是她想起国王的书房里也有一个相似的小瓶，里面也装着与健美泉水一样纯净的水。于是她偷偷地把它拿来，然后放到王后的炉台上了。原来，国王书房里的那瓶水其实是用来毒死犯罪的亲王以及领主的药水，如果把这种药水搽在他们的脸上，那么他们就会昏昏沉沉地睡去，并且永远不会再醒来。

一天晚上，对调包并不知情的国王拿起了这瓶药水搽到自己的脸上，然后便很快就睡死过去了。之后小狗卡勃里奥尔立刻把这个消息报告了阿韦南，阿韦南叫小狗去找金发美人，让她来救他这个可怜的囚犯。卡勃里奥尔悄悄地钻到拥挤的人群里，对王后说："夫人，您可别忘了可怜的阿韦南。"

王后对谁也没有说就马上走了出来，一直来到了塔楼里。她亲自解开了阿韦南的手铐以及脚镣，并把金王冠戴到了他的头上，还把王袍披到了他的身上。她对阿韦南说："来吧，俊美的阿韦南，我会让你当国王，然后做我的丈夫。"于是阿韦南跪倒在她的脚下，感谢了她。所有的人都无限高兴地把阿韦南当作他们的国君。

相爱的金发美人和阿韦南，在举行了世界上最豪华的婚礼后，有情人幸福地生活在一起。

森林中的牝鹿

从前有一个国王和一个王后，他们一直觉得自己的生活非常美满。然而美中不足的是，他们没有孩子。于是王后就想，如果她有一个孩子的话，国王一定会更加宠爱她的，于是她总是祈求老天爷赐给她一个孩子。

有一天，王后到一座树林里去散步。当她走到一个清泉旁边时，她让所有的使女都离开，自己一个人坐下来，说："咳，我是如此的不幸啊，连一个孩子都没有。难道就让我这样含恨而死吗？"这句话刚说完，清泉里的水就荡漾起来，出现了一只大鳌虾跳出水面对着她说："尊贵的王后，你的愿望肯定会实现的。离这儿不是很远的地方，有一座非常灿烂的仙宫，但是谁都找不到它，因为它的周围都笼罩着浓密的云雾。但是，我可以带你去。"

鳌虾居然会说话，王后感到非常惊奇。不过她还是答应说，她很高兴接受它的建议，只是不会像它那样倒着走路。鳌虾笑了，然后立刻变成一个十分标致的老妇人。

老妇人带领王后走进了森林中的一条小路。王后之前从来没有发现这还有条路，它是仙女们出来取泉水时所走的路。她们两人一踏上这条小路，路旁的玫瑰花便立刻盛开了，茉莉和橙树的枝条相互拥抱起来做成一个个铺着叶子以及花瓣的摇篮，许多的紫罗兰覆盖在地上，还有许多形形色色的小鸟在枝头上唱歌。

当王后还没有从惊奇中恢复平静的时候，她的眼前便出现了一座全部用钻石建成的绚丽的宫殿，她无比赞叹地叫出了声。宫殿的大门忽然打开了，从里面走出来了六位从没见过的特别秀美的仙女，她们走向王后频频行礼。每个仙女的手里都拿着一枝宝石花，然后她们把所有的花合起来做成一个漂亮花束，然后献给了王后。花束里有一枝郁金香，一枝玫瑰花，一枝楼斗花，一枝秋牡丹，一枝石榴花和一枝石竹。

"夫人，"仙女们对她说，"我们高兴地告诉你，你将很快就会有一个漂亮的公主了，你可以帮她起名为荻西蕾。别忘了，她一出生，你就要通知我们，我们会赋予她各种美好的品质。把这束花拿走吧，到那时你只要喊出每一种花的名字，我们就会来到你的面前了。"

王后非常高兴，扑到她们的怀里并且拥抱她们。仙女们接着请王后进入宫殿，她在那一直待到了晚上，然后与清泉仙女一起离开了。清泉仙女在离她家不是很远的地方与王后分离了。

仙女们的话应验了，不久之后，王后果然生了一个公主，于是便给她起名叫荻西蕾。她马上拿起了那束花，依次叫了每一种花的名字。六位仙女马上来到了，她们身后跟着很多童男童女，捧着各式各样礼物。她们拥抱了王后，并且亲吻了小公主，然后拿出了一套套婴儿要穿的衣服。这些衣服都用上等的细布做成，即使穿一百年也不会损坏。衣服的花边比布还要漂亮，把世界上所有的故事都绣在上面了。接着仙女们又拿出五彩缤纷的褓褓以及被子，上面是她们精心绣制的儿童游戏的场景。仙女们把小公主抱在他们的膝盖上，亲手替她裹上了褓褓。看到孩子想要吃奶了，于是她们就用仙杖敲三下地面，然后这个胖娃娃所需要的奶妈就来了。

接下来仙女们要做的事就是让孩子拥有本领了，她们便很快做起来：第一位仙女给了公主美好的品德；另一位让她变得很有智慧；第三位使公主长得非常的美丽；第四位使公主将来非常富有；第五位让她有一个良好的身体；最后一位则保证公主无论做任何事情都能顺利的成功。王后特别高兴，深深地感谢了仙女们给予小公主的各种恩惠。

人人都兴高采烈，发自心底的为王后感到高兴。可就在这个时候，一只大鳌虾突然跳进房间里。它是如此的大，差一点连房门都通过不了。"啊，王后，你实在是太忘恩负义了！"鳌虾说，"难道你就没有想到我清泉仙女，你那么快就要把我忘了吗？"

王后对自己的疏忽非常懊悔，她请求她的原谅，并且对她说，她以为唤了花的名字也会把她请来的，哪知花束没有那种效应。其他仙女也都为王后求情。"美丽的姐姐，"她们对她说，"请你脱去虾的外衣，让我们看看你漂亮的姿容吧！"清泉仙女特别风骚，她听到妹妹们赞美她的美丽，于是就稍稍息了一点怒。

"好吧，"她说，"我会不让获西蕾遭受我先前给她注定的所有不幸。但是我还是要警告你们，她如果在十五岁之前见到阳光的话，那么她就可能会没命。"王后哭了。好仙女们都竭力向她恳求，然而这些都不能改变她已作出的决定。她然后就倒退几步，跳出去了，因为她一直都没有脱掉她那虾的外衣。

仙女们马上商量应该怎么办。于是她们决定造一座没有门窗的宫殿，人们只能通过一条地道进去，而小公主将会在里面生活，以度过那性命攸关的年月。三下仙杖一敲，这座巍峨的宫殿便落成了。宫殿的外墙用白色以及绿色的大理石砌成的，内壁则用仙女们亲手织成的各色天鹅绒帘幕覆盖。

为了让公主有更多的知识，公主所有的老师也都住在里面。小公主是如此的聪明、灵巧和敏捷，老师们教她的东西，她几乎还没有学就都已经会了。

善良的仙女们常常来看望公主，给她带来各种稀奇的珍贵礼品。其中郁金香仙女是最喜欢她的，经常嘱咐王后不要让公主在十五岁前看到阳光。王后答应说，这么重大的事，她一定会十分小心的。

然而，当她的爱女快要到可以离开那座宫殿的年龄时，她请人给她画了像。这张画像很快就被带到世界上一些大的宫廷里。见过公主画像的所有王子都非常倾慕她，其中有一位王子特别钟情。他整天把画像挂在书房里，和它形影不离。有几个喜欢通风报信的侍从就把这一情况告诉了那位王子的父亲。他们对国王说，如果这样下去的话，王子很可能会患上失魂落魄症。

于是国王把儿子叫到跟前，看出他的性情和面貌与往常大不一样，便问他是怎么回事。于是王子跪在父亲脚边，说："您让我与诺瓦尔公主成亲，与她联姻会得到一些好处。然而，父王，我的心却在获西蕾公主身上，她的美貌深深地吸引了我。我再也不想和诺瓦尔公主相见了。"

"你是如何见到她们两人的呢？"国王问。"有人送给了我她们的画像。"盖里埃王子说（从他打了三次大胜仗以后，人们都这样称呼他①），我承认，我现在已经深深地喜欢上了获西蕾公主，要是您不收回对诺瓦尔公主讲过的话，那么我只有死路一条了。""你马上把那张画像拿过来给我看看。"国王十分焦急地说，神色显得十分忧虑。

王子跑回了书房，把画像取来了。国王看后跟王子一样感到十分兴奋，于是就答应马上派使节去诺瓦尔公主那里取消掉原来的诺言。

王子非常尊敬地吻了父亲的手，而且还请求他赶快派人去见获西蕾公主。因为这件事非常重要，他觉得要派一个最能干最有钱的人去办这件事才行。于是国王把眼光投向贝卡菲格——一位雄辩的、每年就有一亿收入的青年绅士。他非常爱盖里埃王子，为了让王子高兴，他想尽办法为他制造了世界上最华丽的马车而且还物色了最漂亮的侍从。

当使节向王子告别时，王子对他说："请你一定记住，亲爱的贝卡菲格，你要去商谈的这桩婚事关系着我的性命。你一定要说服我那美丽的公主，然后把她带到这里来。"然后他交给他无数贵重并且雅致的礼品，之后贝卡菲格便启程出发了。当使节还没有到达时，公主的父母就听到了消息。于是他们命令把整个宫殿装饰一新，并且十分高兴地安排了一个宾馆，准备迎接贝卡菲格。

国王和王后本想让使者见一下获西蕾公主，然而郁金香仙女对王后说："不该让来人那么早就见到公主，更不能答应在公主还没满十五岁时就到对方那里去。如果她出去的太早，肯定会遭受不幸的。"王后拥抱了善良的仙女，然后答应会按她的话去做。

使节来到了。他的队伍是由六千匹骡子组成的，所有骡子的背上都覆

---

① 法语中盖里埃是"骁勇善战的人"的意思。

盖着丝绒以及珍珠绣花锦缎。国王和王后高兴地出来迎接，但是当他提出想要见一下公主的时候，他却惊奇地发现人们拒绝了。人们告诉他，曾经有一个仙女在公主出生的时候威吓说：如果公主在十五岁之前见到阳光，那么她就会遇到大祸。

"那么，陛下，"使节说，"难道就让我这样空手回去吗？我带来了盖里埃王子的画像，按照命令将它献给公主。"然而这不是一幅普通的画像，这是一幅能向公主说话的画像。当使节把它打开时，只听它说："美丽的荻西蕾，你无法想象我是如何热切地期待着你。快来到我们的宫中吧，你那无与伦比的姿色将会使我们的宫廷变得更加的美好。"画像说到这里就不再作声了。国王和王后感到非常惊奇，然后请贝卡菲格把画像留下，以便转交给公主。使节便高高兴兴地把它交到了他们的手中。

王后并没有向女儿提起这件事，也没有谈起使节来访这件事。她向公主拿出了王子的画像——它正说着话向公主致以温雅而又亲切的问候——的时候，公主也感到非常惊讶，由于她从来都没有见过这样的东西。王子的俊美仪表以及聪明模样也和这幅会说话的画像一样，让她感到非常的惊奇。

"如果你要是有一位像这个王子一样的丈夫，你应该不会反对吧？"王后问。"母后，"公主说，"这完全不是应该由我自己决定。""但是，"王后说，"要是命运选中了他，你觉得不是很幸福吗？"

听到母后这样说，公主的脸立刻就红了，她低下头去，没有回答。于是王后把她搂在怀里，吻了很多次。她想到不久之后就要与公主分别了，于是就忍不住掉下泪来，因为再过三个月公主就会满十五岁了。

使节看到人们已经向他作了不可置疑的允诺，于是就回国向主人报告了执行使命的经过。王子听说还要再等三个月才能得到亲爱的荻西蕾，于是感到非常忧伤。全宫的人也为他感到痛苦。后来他的身子渐渐无力，最后终于严重地病倒了。于是国王决定去找公主的父母，想要说服他们怜悯一个可怜的王子。

可是他的年纪已经很大了，只能坐马轿去，而马轿走得非常慢，王子又等不及。于是他就再次派忠实的贝卡菲格前去面谈。

荻西蕾其实已经深深爱上了王子，她几乎一刻都离不开王子的画像。尽管她十分小心地掩饰自己的感情，但是人们还是猜透了她的心意，尤其是她的两个使女吉洛弗莱和龙克比娜。吉洛弗莱是真心的热爱公主，对她十分忠诚。而龙克比娜——她其实是公主的女傧相的女儿——却对吉洛弗莱的才能和地位怀着很大的妒意。

去见诺瓦尔公主的使节跟公主说明了来意后，人们对他非常不客气。他怕挨棍子，于是便首先责备起自己的主人来。"你回去跟盖里埃王子说，"诺瓦尔公主回答道，"她不和我好，我非常高兴，因为我是不会爱那种朝秦暮楚的人的！"使节只好请求告辞。当他得到许可后，很快就奔回国内去了。

诺瓦尔公主受到了很大的刺激，不肯原谅盖里埃王子。于是她乘了一辆一小时能走六里路的、由六只鸵鸟拉着的象牙彩车来到了她的教母清泉仙女的宫里。她向仙女讲述了事情的所有经过，请求仙女为她报仇。清泉仙女知道盖里埃王子其实是因为爱上了荻西蕾才所以抛弃了诺瓦尔公主的。

"怎么？"她说，"这个害人精荻西蕾想要跟我作对吗？不是的，可爱的公主，我的好乖乖，我是不会让她侮辱你的。你先回去吧，你的教母会替你做主的。"诺瓦尔公主谢过教母后，就回王宫去了。

贝卡菲格一直不停地向荻西蕾的宫殿奔去。他一到宫中，就跪在了国王和王后面前，用非常感人的言辞对他们说，如果盖里埃王子还是迟迟见不到公主，那么他的性命就要终结了。于是国王和王后掉下了眼泪，答应会考虑一下，几天后再给他回复。使节说主人现在已经病危了，他只能再等待几个小时。最后，他们答应晚上再作出决定。

王后马上来到亲爱的女儿的宫中，向她讲述刚才所发生的一切。她知道荻西蕾深深地爱着王子。"别伤心，亲爱的孩子，"王后对她说，"你完全能够治好他的病，我现在担心的只是清泉仙女所说过的话。""妈妈，"公主说，"我想有办法瞒过那个狠毒的仙女。比如说，我可以坐在一辆十分严密的马车里，人们只需在夜里打开车门给我送饭就行的，这样的话不就见不到阳光了吗？那么我就能顺利到达盖里埃王子的身边去了。"

荻西蕾的这个办法得到了母亲的赞许。于是她派人告诉贝卡菲格说，公主可以立即动身，叫他马上回去把这个好消息报告给他的主人。

于是人们为荻西蕾制成了一辆十分华丽的四轮马车，车身外壳裹上绿色的丝绒，再包上大块的金片，内壁还衬上银色的锦缎，上面是粉红的锦绣。马车上并没有窗子，关上车门以后就如同一个密封的箱子。车门钥匙一直由一位王国大领主拿着。

公主出发了。她只带了很少的随从，龙克比娜和吉洛弗莱也跟她一起坐在了车厢里。你们大概忘了，龙克比娜一点都不喜欢荻西蕾公主，然而却爱慕着盖里埃王子，并且由她带着王子的会说话的画像。她又是个妒忌鬼，出发前她曾对自己母亲说，如果公主的婚姻成功了，那么她就不想再活了。

王后在送别公主时，嘱咐那个坏女人说："一定要好好照顾我的女儿，千万不要让她见到阳光，不然的话一切都完了。我已经告诉过盖里埃王子的使者，公主在还没到十五岁的时候，除了烛光以外，绝对不能见到其他任何的光。"

每天晚上仆人们打开车门侍奉公主吃晚饭。龙克比娜从他们那里听说快到了，于是便催促她的母亲尽快执行预谋的计划。于是，快到中午的时候，当太阳正火辣辣地照耀大地的时候，女傧相便拿起一把暗藏的大刀，突然挑开了公主所乘坐的马车顶。太阳光一照到荻西蕾身上，她瞧了一眼阳光，就发出一声哀叹，跳下了马车，变成了一只白色的牝鹿，跑进附近的树林里去了。她跑到一个非常阴暗的地方，痛惜自己失去了漂亮的形体。

随从中的一些人去追寻公主，而另一些人立刻到城里去报告王子。其实清泉仙女——是这次奇异事变的操纵者——看到这种情景之后，就立即呼风唤雨。闪电和雷鸣把沉着的人都吓坏了。她还用仙术把这些随从送到很远的地方，为了不让他们到她不想让他们去的地方。

陪同公主的人中只剩下女傧相、龙克比娜还有吉洛弗莱。没过多久吉洛弗莱也去寻找她的主人了。于是女傧相和龙克比娜感到特别的高兴，开始放手干起她们之前密谋好的勾当来：龙克比娜穿戴起荻西蕾的最漂亮的衣服——专为婚礼而精心制作的华丽的凤裙、王笏、凤冠和拿在手中的水晶球。这些东西都非常的宝贵，而且分量很重，因为她想装得像个真正的公主，于是就把它们都穿戴上了。龙克比娜打扮好以后，就开始向城里走去。她的母亲跟在她的身后，为她捧着裙裾。假的公主迈着庄重的步伐，预想一定会有人出来迎接她的。

果然，他们还没有走多远，就看到了一队骑士。其中几匹饰着绿色长缨的骡子驮着两顶闪闪发光的马轿，里面坐着国王还有患病的王子。国王和王子正要打听迎面走过来的那两位女子，有几个心急的人已经跃马跑过去了。他们看了两人华丽的服饰，于是就误以为他们是高贵的客人，立即下马恭候。

“请你们告诉我，”龙克比娜对他们说，“轿子里面坐的是什么人啊？”“小姐，”他们回答说，“那里面是国王和王子，他们是来迎接荻西蕾公主的。”“那请跑去告诉他们吧，我就是荻西蕾公主。”龙克比娜说，“有个仙女因为嫉妒我的幸福，就用一百多下闪电、雷声以及各种惊人的怪现象驱散了我所有的随从，然后只留下了我的傧相一人。她带着我父王的书信还有我的珍宝首饰呢。”

骑士们马上跪下吻了她长裙的下摆，然后飞快地跑回国王跟前，向他报告公主即将到达的情况。“怎么？”国王大叫起来，“她是在光天化日之下步行而来的吗？”

骑士们向他转述了龙克比娜刚才告诉他们的话。“这实在是一件非常美妙的事。”王子对他们说。骑士们没有作声。其中有一个非常大胆的插嘴说：“国王陛下，您将看到，公主显然是因为旅途劳累，因此面容都变了。”

国王以及全体随从看见了假公主。王子一见到她，便大叫了一声，然后倒退了好几步。

“我看到了什么啦？”他说，“好卑鄙的奸计！”“陛下，”女傧相大胆上前对国王说，"她就是荻西蕾公主，有王后和国王的书信为凭。"国王看完这一切，脸色变得十分阴沉，默不作声。

王子由贝卡菲格搀扶着，慢慢走近龙克比娜。哦，天哪，看了这个女人之后，他会有什么反应呢？她瘦得如此可怕，高得吓人，公主的衣服只能很勉强遮住她的膝盖；她那油亮亮的枣红鼻子甚至比鹦鹉的嘴还要弯；而她那歪斜的黑牙齿，不管是谁见了都会吃惊。

"我们上当了！"王子对国王说，"我看过那张美丽的画像，于是作了这样一个选择，不料送来的人却与画像完全不同。这中间一定有鬼！"

"你怎么能这样说，殿下，"龙克比娜说，"有谁会捣鬼呢？你娶我是不会错的。"

"啊，我的漂亮的公主，"女傧相叫起来，"我们究竟是来到了什么地方？他们怎么可以这样迎接一位像您这样有地位的人！这到底是什么态度！您的父王一定会帮您评理的。"

"我们会让他这样做的。"国王说，"他之前许给我们的是一位十分漂亮的公主，然而送来的却是一架枯骨，真是一具可怕的僵尸！""好恶毒的辱骂啊！"假公主大喊起来，"我真是倒霉，到这里来受这些人的侮辱！"

愤怒的国王和王子登上了马轿。一个卫士义不容辞地把那位假公主给捆了起来，女傧相也受到了同样的对待。她们被押到城里，国王命令仆人把她们关在"三塔尖"城堡里。

盖里埃王子十分痛苦。他准备在恢复健康后，秘密地离家出走，去一个荒僻的地方度过他伤心的余生。他把自己的想法只告诉了他最忠实的贝卡菲格。他的身体刚刚复原，就立刻动身出发了。临行的时候，他给国王写了一封很长的信，放在了他的办公桌上。他告诉他的父亲说，等他的心境稍微安定后，就自然会回到他身边来的。他请求暂时先不要释放那位假公主，并要求父亲和他一起报仇。

不难想象，国王见了这封信会是多么的痛苦。当大家都在忙着安慰国王的时候，贝卡菲格和王子已经离开了王宫。他们一直走了三天，来到了一座森林里。由于王子旅途劳累，加上身体还没完全恢复，下马后就十分忧伤地躺在地上了。

"殿下，"贝卡菲格说，"你在这里休息一下吧，我现在去采一些果子来帮你解渴，顺便打探一下周围的环境。"王子并没有回答，只是点了点头表示他同意了。

那头牝鹿，也就是美丽的公主，已经进入森林很长时间了。当她在泉水旁看见自己鹿的身形时，她非常伤心地哭了。是的，如果还有什么东西可以安慰她的话，那就是她现在变成的是一只非常漂亮的牝鹿，就像她以前是一位非常美丽的公主一样。饥饿威胁着荻西蕾，于是她就大口大口地吃起青草来。她竟能这样吃草，自己都觉得很吃惊，然后她躺在青苔上。每到晚上的时候，她就感到非常的害怕。当东方出现晨曦时，她又开始安下心来。她认真欣赏着晨曦的华美，然而她更赞美着阳光的灿烂，不知疲倦地看着它。她过去所听到的一切仿佛都比不上她现在能够见到的阳光那么的美丽。

值得庆幸的是，郁金香仙女，一直暗中保护着公主，让她不会受到清泉仙女的暴力摧残。其实是她把吉洛弗莱引到森林里，让这位公主的贴心使女能重新宽慰遭遇不幸的公主。美丽的牝鹿慢慢地沿着一条小溪走着。那时，累得快走不动的吉洛弗莱正躺在草地上休息，忧伤地想着去哪里才能找到他亲爱的公主。牝鹿一看见他，就纵身一跃跳过了那条又宽又深的小溪，投身扑向吉洛弗莱去，并且向她表示无限的亲昵。

吉洛弗莱傻傻地看着这头牝鹿，特别惊讶地发现大滴泪珠正从它的眼眶里流出来。于是她明白了它就是亲爱的公主。她跟牝鹿说话，看出她完全可以听懂，然而却不能回答，于是吉洛弗莱就不再离开她的主人。牝鹿用眼睛和脑袋向她做各种姿态，表示遇见她感到十分高兴。

好不容易重逢的她俩几乎一整天都在一起。牝鹿怕忠实的吉洛弗莱会饿，于是就领她去森林中她所发现的一个地方，那里长着许多美味的野果。吉洛弗莱采了许多，由于她确实是饿了。她刚吃完果子，又开始发愁了，因为不知道要到哪里去过夜。

"美丽的牝鹿，"她说，"你难道就不害怕呆在这里过夜吗？"牝鹿仰望着天空开始悲叹起来。"但是,"吉洛弗莱继续说,"林子里难道就没有砍柴人、烧炭人或者隐士居住的小屋吗?"牝鹿摇了摇头,表示她从来就没有见到过。

"哦,上帝!"吉洛弗莱叫起来,"那么我只能死了!"小鹿也跟着哭了。它的眼泪感动了郁金香仙女,仙女马上就出现在了它的面前,对她说:"我一点都不想怪罪你。看到你现在的境况,我心里也真的很难过。"吉洛弗莱哀求仙女可怜一下公主,让她恢复她的原形。

"我也做不到啊!"郁金香说,"不过我能够缩短她的受难时间,从而减轻她的痛苦。这就是说,每当太阳下山而黑夜来到之后,她将变回她原来的样子;而一旦天亮,她又会重新变为一头牝鹿,与其它动物一样奔向森林和平原。"

黑夜里将变回她原本的样子,这是多么令人高兴的事啊!公主快乐得快要跳起来,郁金香仙女看着她也感到很高兴。

"你们就沿着这条小路向前一直走,"仙女对她说,"在一个田野上,就能够找到一个乡村小木屋。仙女刚说完这句话就立刻不见了。"

吉洛弗莱依照仙女的话,就和牝鹿一起沿着小路走去。没多久,她们看见一位老妇人坐在一座小木屋前,正编着一只柳条筐。吉洛弗莱向她行了一个礼,说:"善良的老妈妈,您能让我还有我的牝鹿暂时住在您的家里吗?我们只需要一个小小的房间就可以了。"

"可以,我可爱的姑娘。"老妇人回答,"我非常愿意让你和你的牝鹿居住在这里。现在就请进来吧!"她马上把她们领到一个全部用桃木制造成的十分雅致的房间里,那里有两张洁白的小帆布床,床上还铺着非常精美的床单,一切都显得既简朴又干净。

黑夜降临了,荻西蕾于是就脱去了鹿的身形。她好多次拥抱了亲爱的吉洛弗莱。老妇人来轻轻地敲了敲门,但是并没有人进来。她把一些鲜嫩的水果递给吉洛弗莱。公主饱饱地吃了一餐,然后就睡下了。

第二天天亮,荻西蕾就又变成了牝鹿。吉洛弗莱给她开了门,它像以前一样跑到那座深密的森林里去了。

　　我刚才已经说过了，盖里埃王子已经来到了森林里，贝卡菲格在林中寻找水果。那天黑夜降临时，贝卡菲格也跟着到了那位老妇人的小木屋前。他向老人彬彬有礼地说了一会儿话，问她能否给他的主人一些可以解渴的食物，老妇人便立刻给他装了一篓水果。

　　"我怕你在林子里过夜会出什么事，"她说，"我可以留给你一个简陋的小屋，至少能够帮你们躲一躲狮子。"贝卡菲格谢过了老妈妈，并向她说明要和一位朋友来她家住。没多久，王子和贝卡菲格果然也来到了老妇人的家里。老人也为他们准备了一间和公主住的一样的房间，并且这两个房间是相邻的，中间仅仅隔了一层板壁。

　　早晨太阳刚刚升起，王子便起了床，到森林里去了。他并没有带贝卡菲格一起去。他漫无目的地走了很长时间，最后来到一个树荫浓密青苔丛生的空地上。突然，一只牝鹿出现在了那里，非常喜爱打猎的王子就拼命向它追去。他对这只非常可怜的牝鹿紧追不放，还不停地拉弓搭箭。牝鹿尽管得到郁金香仙女的保护而没有受伤，但是被吓得胆战心惊。危险的猎人最后没有追上她，自己却累得精疲力竭的，于是只好罢休。牝鹿高兴地看到黑夜快要降临了，就向小木屋跑去，吉洛弗莱正在那里焦急地等着她回来呢。

　　她一进房间，便气喘吁吁地倒在床上，全身都湿透了。吉洛弗莱亲切地安抚她，急于知道到底是发生了什么事。天黑了，美丽的公主又恢复了人形。她搂着贴心使女的脖子说："我今天遭到了一个年轻猎人的追杀，那时我忙于逃命，仅仅看了他一眼。他在我身后射出雨点般的箭，差一点把我的命要了。我真不知道是靠什么运气才从他的手中死里逃生的。"

　　"不要再出去了，我的公主。"吉洛弗莱说，"在你受难这段时间，您就待在这个房间里吧！我去附近城里去买几本书来帮你解闷。""我可爱的吉洛弗莱，"公主说，"每次我一想起可爱的盖里埃王子，我就会变得非常快乐了。"她的美丽的眼睛立刻就合上了，她一直睡到第二天天亮。

　　当吉洛弗莱再次看见她的时候，她已经又变成了牝鹿，然后到森林里去了。而此时的王子呢，他那天晚上对贝卡菲格说："我今天用尽了所有的力气追逐一只我之前从来没有见过的最漂亮的牝鹿。它是如此的机敏，最终逃离了我。我真不明白它是如何躲过我那百发百中的箭的。明天天亮，我还要再去寻找它，千万不能再放过它了。"

年轻的王子果然在第二天天亮就出发到昨天他遇见牝鹿的地方去了。他慢慢地走着，放眼四处巡视。走了一阵，他觉得累了，正好发现树上长着十分诱人的苹果，于是便高兴地摘了几个吃起来。吃完之后，他就沉沉地睡了。恰巧王子正在睡觉的时候，想躲到远处去的胆怯的牝鹿刚好经过他的身边。它离他非常近，于是便忍不住瞧了他一眼。它发现小伙子正在睡觉，于是就仗着胆细细偷看起来：哦，上帝，它看见谁了？一个多么令人熟悉的人！它在离他几步远的地方卧下，目不转睛地盯着他看，感到非常的欣慰。它轻轻地叹息了几声，然后慢慢地挨近他，还用身子轻轻地抚触他。于是王子醒来了。

王子认出这便是他昨天苦心寻找的多次捉弄过他的牝鹿。看到它对他那么亲近，觉得难以想象。然而当他伸手正要去抓它的时候，它便很快地逃走了。他在后面紧紧地追赶着，双方有时不得不停下来喘一喘气。

牝鹿在林子里绕了整整一个圈，终于放慢了脚步，跑不动了。而王子却干劲倍增，怀着兴奋的心情，想要追上它。牝鹿已经精疲力竭了，就像一只可怜的将要死掉的小畜生一样躺在地上，只等胜利者来宰割了。然而胜利者不仅没有残酷地对待它，反而非常温柔地抚摸着它。

"可爱的牝鹿，"他对它说，"你不要害怕，我将把你带回家去，让你跟我住在一起。"他随后就砍了一些树枝，十分巧妙地把它们盘曲起来，再在上面铺上青苔，撒上了一层从附近灌木丛里采来的一些玫瑰花。他抱起小鹿，轻轻地把脸贴在小鹿的脖子上，然后让它躺在这个用树枝做成的摇篮里。他陪着它，还不时地找来一些鲜嫩的青草来喂它，于是牝鹿就在他的手掌里吃着草。王子尽管知道牝鹿听不懂话，然而还是跟它娓娓地谈着。

牝鹿能够看着王子，感到非常的愉快，但同时也担起心来：天快要黑了。它关键是想着要用什么办法才能逃走。机会终于来了：王子怕它会口渴，于是就起身去寻找小溪，想带它去那里喝点水。于是牝鹿趁这个机会很快地逃走了，逃回到吉洛弗莱等着她的小木屋里，并且向她诉说了事情的经过。

王子回来之后，发现他亲爱的牝鹿已经不见了。"怎么了？"他叫起来，"原来它竟然是个无情无义的骗子，我真的是恨死它了！"他回到老妈妈家里，向他的宠臣讲述了那件事，还责备小鹿没有情义。贝卡菲格看到王子非常恼怒的样子，不禁笑起来，劝他下次遇到它再惩罚它。"我住在这里就光想着做这件事了，"王子说，"我们得迁到更远的地方去。"

天亮了，于是公主又变成白色的牝鹿。它决定躲开王子，不到森林里那个熟悉的地方去了。然而年轻的王子跟它一样聪明，也采取了同样的方法。终于他在森林深处又发现了它。正当牝鹿觉得自己处在安全的地方时，忽然它看到了王子。于是它立刻跳起来，穿过灌木林。想到昨天跟王子玩了圈套，于是就觉得更加怕他了，逃得竟然比一阵风还要快。然而当它越过一条小路的时候，王子便瞄准了她，嗖的一箭就射中了它的腿肚。它先是感到一阵剧烈的疼痛，然后就俯身倒下了。

王子立即跑过去。他发现小鹿身上正流着鲜血，于是感到非常痛心。他采了一些药草，给它的腿上包扎上，来减轻它的痛苦。他又用树枝为小鹿做了一张床，然后让小鹿的头枕在他的膝盖上。

"你这个反反复复的小家伙，"王子说，"还不是因为你自己才造成了今天的事故？昨天我是如何对待你的？你却抛弃了我！今天就不行了，我一定要把你带走。"牝鹿一句话也没有说。王子温柔地抚摸着它。"是我伤害了你，我真难过。"他对它说，"你可能会恨我，但是我还是希望你爱我。"

时候不早了，我们现在该回老妈妈家里去了。于是他抱起牝鹿，要把它带走。然而牝鹿却不愿意跟他去，它使尽全身力气把身体往下坠，累得王子满身大汗。王子实在是受不住了，只好就去找忠实的贝卡菲格。但是他临走之前，就用了几条绳子把小鹿拴在了一棵树上，以防它再次逃走。小鹿试着挣脱掉绳子，然而没有成功。它越是挣扎，绳子反而会勒得越紧。于是它想用一个绳圈缢死自己。

就在那时，吉洛弗莱刚好路过这里，就立刻把小鹿解救了出来。当她正想把牝鹿带走时，王子和贝卡菲格就赶到了。

"小姐，"王子对吉洛弗莱说，"是我打伤了这只牝鹿，它是我的。我爱它，请你把它留下来吧。""殿下，"吉洛弗莱非常有礼貌地说，"这只牝鹿在属于您之前已经是我的了。我宁愿牺牲自己的生命也不能将它抛弃。您看，它是多么的熟悉我，请您稍稍躲开一点。嗨，我的小白鹿，赶快过来拥抱我啊！"于是小鹿立刻扑到了她的脖子上。

"吻我右边的脸！"

于是牝鹿也照着做了。

"现在摸摸我的心口吧！"

于是牝鹿就伸出前脚放到了她的胸上。

"那叹一口气！"

牝鹿就叹了一口气。

"那么我就把它还给你吧，"王子说，"但是我很伤心。"

吉洛弗莱马上就带着小鹿回去了。她俩不知道其实王子也住在这个小木屋里。王子在她们后面很远的地方跟随着她们，看到她们向善良的老妇人的屋子走去，感到非常惊奇。接着他也很快进去了。

王子怀着由那只小鹿而引起的好奇心，于是就询问老妇人那位年轻的姑娘是什么人。老人说她也不知道，只是招待她和她的牝鹿在这里隐居而已，并说姑娘是个单身人，而且从来不拖欠房钱。

贝卡菲格问姑娘住在什么地方，老妈妈告诉他离他们的卧室很近，只相隔了一道板壁。

当王子询问完老妈妈后，回到卧室时，贝卡菲格说他受了骗。他对王子说，那个姑娘其实就是获西蕾的使女，他当使节的时候曾经在宫中见到过她。"那她为什么会在这里呢？"王子问。"这我也不知道，殿下。"贝卡菲格说，"但是我还想看看她，我们与她只隔了一层薄薄的板壁，如果在那上面打个洞是很容易的。"

于是他很快便在壁上开了个很大的窟窿。

他看到了谁呢？是美丽的公主：她穿着一件挂满珍珠以及翡翠的银色锦缎玫瑰红绣花的漂亮连衣裙，弯曲的秀发一直垂到世界上最美丽的肩膀上；她的脸色是如此的鲜艳，而眼睛又是如此的迷人。吉洛弗莱跪在她的膝前，为她包扎流了血的手臂。她们两人对伤势十分担忧。

"就让我死去吧！"公主说，"如此痛苦地活着还不如死呢！白天，我只是一只牝鹿，看到了我终身相托的人，然而却不能跟他讲话，不能告诉他我的悲哀的处境。咳！要是你知道他对我说了些什么，你就会更加同情我的，并且同情我不能向他诉说我可怜的命运了。"

可以想象得到，贝卡菲格当时看到这幕情景时是多么的惊喜。他立刻向王子跑去，并且拉着他说："快过来，殿下，赶快到这儿来！你将会看到一幅令你着迷的真正的画面。"

王子一看就马上认出了公主。他快步走向公主的房门前，轻轻地敲了敲门。吉洛弗莱还以为是老妈妈，于是赶忙打开门。她一见王子，便愣住了。王子便冲进来跪倒在了荻西蕾的脚下。于是他俩就在诉说衷情中度过了这一夜。

时间过得飞快，不知不觉之中，天已经亮了，然而公主却不再变成牝鹿了。她发现了这一点，感到十分高兴，王子也分享了这一快乐。她向王子讲述了自己的经历，王子也告诉了她龙克比娜以及她母亲所策划的阴谋。于是王子决定赶快派人把他们相逢的喜讯报告给他的父王。

而此时由于国王认为自己受了侮辱，于是为了雪耻，正要出发去打一场可怕的战争。荻西蕾建议派贝卡菲格给国王报信。就在这个时候，森林里传来了响亮的鼓乐声，似乎还有大批人马从小木屋的附近经过。王子走近窗口一看，便认出了是他的几个卫兵以及他的军旗，然后命令他的军队停止前进。

王子的卫兵们一听到这个命令后又惊又喜，因为他们还以为王子将要亲自率领他们去跟荻西蕾的父亲作战呢。他们是由年老的国王亲自率领的。国王坐在一顶锦绣天鹅绒的马轿里，后面还跟着一辆敞篷的四轮马车，而龙克比娜以及她的母亲就在那辆车里。

盖里埃王子望见了马轿就立即迎上前去。国王向他张开双臂，并以最热烈的父爱紧紧地拥抱他。王子告诉了他与公主的幸福相遇以及龙克比娜狡诈的伎俩。国王听了之后特别高兴，于是举起双手感谢苍天。

荻西蕾公主来了。她甚至比所有的星星都还要明亮和美丽。她骑着雄壮的马，穿着猎人服，后面还跟着打扮得十分秀丽的吉洛弗莱。那些都是郁金香仙女保护她们的结果。仙女细心并且成功地安排了这一切：那座美丽的小木屋就是她专门为公主建造的，仙女自己则变成了老妈妈，在这所屋子里还热情地款待了她好几天呢。在王子认出卫队并跑去迎接国王的时候，仙女也跟着来到荻西蕾的房间里。于是她向公主的手臂轻轻地吹了一口气，公主的伤马上就好了。公主接着穿上仙女给她的漂亮的衣服，去迎见国王。

国王一见到荻西蕾就说，他要马上使臣民们知道，她就是王后。"因为我已经决定了，"他接着说，"把我的王位传给盖里埃王子，让他成为你更加称心的人。"四轮马车里的两个俘虏十分羞愧地用双手捂着她们的脸。公主善良地请求饶了她们，让她们乘着这辆马车到她们想要去的地方。

于是没有前进必要的人们，跟着队伍向后转。王子上马和公主一起走，百姓们欢呼地迎接他们。婚礼准备得十分隆重，六位好仙女也都来了，并且给公主带来了稀奇的礼物。这些礼物中有一件还具有这样的魔力：它使这座华丽的宫殿——王后以前在这里接待过仙女——好像被五万个爱神抬到了高空，然后突然降落在了有一条小河流过的美丽的平原上。这是礼物之中最精彩的一件。

忠实的贝卡菲格在王子和公主结婚时，也要求和吉洛弗莱成亲，于是王子便欣然答应了他。这个美丽的姑娘能在外国找到自己称心的伴侣也觉得十分的幸福。慷慨的郁金香仙女还给了她四座印度金矿，如此一来，她的丈夫就不会夸耀自己比她更加富裕了。

王子的婚礼喜庆一直持续了好几个月，并且每天都有新的欢宴。而小白牝鹿的故事一直被人们所传颂，一直到今天。

年老的女王和年轻的农妇

从前有一个女王，她已经非常衰老了。她是如此的衰老，老得几乎连牙齿和头发都要掉光了。她的脑袋摇摇晃晃的，好像要是被秋风吹动的树叶。她的眼睛已经看不见什么东西了，即使戴上眼镜也没有什么作用。她的鼻子尖就快要挨到下巴了，身子蜷缩得如同一个球，个子比原先矮了一半。她的背驼得如此的厉害，还让人以为她是天生的畸形呢。

一位曾经在她出生时在场的仙女遇到了她，问道："你想要恢复青春吗？""这个，我真的是非常愿意！"女王回答，"现在就让我变成一个二十岁的姑娘吧，那么我可以把我所有的珍珠宝贝都给你。"

"那么，就需要再找一个人，用他的青春和健康来换取你的衰老。"仙女说，"但是，我们又能找谁来接受你的一百岁高龄呢？"

仙女费尽心机，就到处寻找愿意将自己的青春换取高龄的人。有很多的乞丐为了摆脱穷困而愿意让自己变老，然而当他们一见到这位又脏又丑，又咳又喘，臭气冲天，浑身病痛，还经常说胡话，每天只能依赖一点粥汤延续生命的女王的时候，他们就再也不想要她的高龄了，他们宁愿继续穿着破旧的衣裳去讨饭。然而还有一些野心勃勃的人，女王答应会赐给他们高官厚禄以及显赫的荣誉，然而他们见了女王后说："如果我们成了那样可怕以及令人作呕的人，那么我们会连露面都不敢了，那么还要这种官职干什么呢！"

最后，一位乡村姑娘来了。这姑娘叫做贝罗内尔，她长得就如同阳光一样美丽。她愿意用自己的青春来换取女王的王冠。女王刚听到后感到十分恼火，但是又有什么办法呢？恼怒也解决不了问题，她始终渴望变得年轻啊。

"那么就让我们两人共同平分我的王国吧," 女王对贝罗内尔说, "我给你半个国家, 其余一半是我自己的。这对你——一个微不足道的乡村姑娘来说, 应该已经心满意足了吧?" "不!" 姑娘回答说, "我一点都不满足, 我想要的是你的整个王国。不然就算了吧, 我还戴我的农妇头巾, 你呢, 就留着自己的一百岁, 守着那些财宝以及即将临头的死亡吧。"

"但是, 如果我丢掉了王位, 我又该怎么办呢?" 女王说。"你可以像我一样欢笑、跳舞和唱歌。" 姑娘一边说着, 一边又笑又唱, 甚至还跳了起来。

女王当然没有办法这样做。她问: "你之前从来没有当过老年人, 如果你变成像我这样的人, 你又会做些什么呢?" "我也不知道。" 农妇说, "不过, 我愿意尝试一下, 因为我听说当女王是非常快乐的。"

正当她们两个人要做交易的时候, 仙女突然出现了。她对农妇说: "你愿意学着当一位年老的女王吗? 这样就能体会一下这个职业是不是适合你。" "当然。" 姑娘回答。

于是, 她的头发开始慢慢变白, 脸上也出现了皱纹, 嘴里还一直嘟嘟囔囔抱怨个不停, 脑袋也变得摇摇欲坠的, 牙齿都快要掉光了。——她现在已经一百岁了。

仙女打开一个匣子, 然后从里面唤出一群穿着漂亮衣服的仆人以及使女。他们出来后交叉列队, 频频向新的女王致敬, 然后还为她摆上了一桌丰盛的酒席。但是女王已经不能咀嚼了, 因此一点食欲都没有了。她感到无比的羞愧和吃惊, 不知道到底该说什么好, 做什么才好。她咳嗽得精疲力竭的, 口水一直往下巴上淌, 鼻涕流出来, 揩抹在她的袖子上。她照了照镜子, 竟然发现自己比猴子还要难看。

这时, 待在一个角落里的那位真正的女王已经开始变得漂亮了。她发出了欢笑的声音, 重新长出了牙齿和头发, 脸颊上也开始泛起了红晕。她灵巧地用各种姿势站立起来, 然而她身上却很肮脏, 穿着破衣烂衫, 就像一个拾垃圾的低贱的女人。她从来没有穿过这样破旧的衣服, 卫士们把她当成厨房的女佣人，想要把她从王宫里赶出去。这时，贝罗内尔对她说："你不做女王感到很难堪，但是我的处境更加痛苦。拿走吧，这是你的王冠，现在你把灰色的粗布裙还给我！"

于是两人立即进行了交换。女王又马上变成了百岁老人，农妇仍旧是年轻的姑娘。刚刚交换完，她们就都后悔了。但是来不及了，仙女已经注定她们按照各自的条件生活了。

当女王每天都是哭哭啼啼的，哭得连手指都发痛时，就说："哎呀，要是我是贝罗内尔，我现在应该就在一所茅屋里吃着栗子充饥吧，可是我可以在树荫下伴着竹笛声与牧童们一块跳舞。我要这张精致的床又有什么用呢？我只能躺在上面受苦；即使那么多仆人，也无法帮助我减轻痛苦。"

她每天都在烦恼，这加重了她的病。在她身边看护她的十二个医生也增加了她的痛苦。两个月过去了，她终于死了。贝罗内尔听到女王死了的时候，她正在和她的女伴们在一条清澈的小溪边跳着圆圈舞。这时她认识到：不求王位不但是明智的，而且还是非常幸福的。

仙女又来看她了，并且还向她介绍了三个男子，让她挑选其中的一个作为自己的丈夫：第一位是个既讨厌又残忍、并且愁眉不展、妒忌心很重的老人，但却有财有势、赫赫有名无论是白天黑夜都离不开她。第二位是个随和可爱、端庄温雅、门第高贵的男子，然而很穷，事事都不顺心。最后一位是个和她一样的农民，他不很富裕也不算太穷、不丑也不美，他爱她，然而并不过分。

姑娘不知道该选哪一位才好。因为她自然非常喜欢华美的衣服、煊赫的荣誉和众多的仆人。但是仙女对她说："嗨，你这个傻姑娘！就看看这位农民吧，他正应该是你选择的丈夫！你对第二位过分的喜欢，而第一位又过分的喜欢你，这两个人都会带给你痛苦的。第三位呢，他不仅不会打你，而且在草地上跳舞比在宫廷里跳舞更快乐。"

"在乡村里当一个贝罗内尔比在上流社会做一个不幸的贵妇人更要好。你只要不企图名誉，你跟农夫生活会很幸福的。"

茯洛丽丝的故事

　　一个农妇在她家附近与一位仙女交情很好。一次她生了个女儿，于是就把这位仙女请了来。仙女把孩子抱在了怀里，然后对那位母亲说："如果你同意的话，她能长得像阳光一样漂亮，而且她的聪明会比她的美丽还要惊人，甚至她可以当一个王后。但是，这些都会给她带来不幸。否则，就让她放弃美丽，做一个同你一样的农妇，过着一般人的生活。现在就请你为她作出选择吧。"

　　农妇为女儿选择了聪明、美丽以及王冠，同时抱着侥幸心理，试图避免不幸。

　　小姑娘真的越长越漂亮，长得比人们见到过的美丽的姑娘还要美。她既温柔又文雅，而且还有礼貌。别人教她的各种事情，她一学就会了，而且很快就做得比教她的人都要好。节日里，她还到草地上跳舞，她的舞姿比其他所有的姑娘都优雅。她能自己编歌曲演唱，她的嗓音甚至比乐器还要动听。

　　刚开始，她还不知道自己长得很漂亮，有一次，她与女伴们在清泉边上玩游戏的时候，突然从水里发现自己比她们都要好看。于是她便自我欣赏起来了。成群的人从全国各个地方赶来欣赏她的美貌，这使她更加认识到自己是多么的迷人。

　　她的母亲深深相信仙女的预言，早就把她看作成了王后，百依百顺地宠着她。年轻的姑娘既不愿意纺纱做针线，也不愿意出去牧羊。她只是尽情地玩耍，不是采花，就是梳妆，不然就到树荫下唱歌跳舞。

　　这个国家有一位非常有权势的国王。他仅有一个儿子，叫罗西蒙，当时他正要娶亲。国王不愿意选择任何邻国的公主，因为仙女告诉他，有一位乡村姑娘比世界上所有的公主都要漂亮。于是国王就下令把全国上下所有十八岁以下的乡村姑娘都找来，准备从中挑选出最喜欢的人。人们先是把其中一大批相貌平常的女子打发走了，然后又从剩下的人里挑出了三十名姿色出众的女孩，茯洛丽丝（就是我们这位姑娘的名字）自然而然地就很容易被选中了。

这三十名女孩都被带到了一个圆形剧场般的大厅里，在那里排成一行，以便让国王和王子同时看到所有的人。茯洛丽丝在这群姑娘当中，就像是金钱菊丛里的一株牡丹，野生灌木林中的漂亮的桔树。国王当场就宣布只有茯洛丽丝才能配戴王冠。罗西蒙为得到茯洛丽丝而感到十分的幸福。

宫里人脱掉了茯洛丽丝俗气的破旧衣服，然后给她换上金丝绣成的衣裳，宝石和珍珠顷刻之间就盖满了她的全身。一大批使女忙着侍奉她，她们费尽心机揣摸着她所喜爱的东西，以便在她开口之前就准备妥当。之后她被安置在宫中一套最漂亮的房间里，那里的卧室和客厅都没有壁毯，墙上都是大镜子。茯洛丽丝因而能从各个角度看到自己漂亮的身影，而王子不管是从哪个角度都能欣赏到自己的美人。

罗西蒙停止了游戏、打猎以及各种技艺活动，永远都离不开她了。

他们刚结婚不久，老国王就去世了。于是聪明的茯洛丽丝便成了王后，一切国家大事都由她来决定。于是这就引起了国王的母亲——也就是高尼波特太后的嫉妒。

王太后是个狠毒、奸诈、而且残酷无情的人。她本来就很难看，况且现在年纪大了，因此丑得更加吓人了，活像一个夜叉。在美丽的茯洛丽丝面前，她的丑相便显得愈加明显了。她为此非常恼怒，对这样的美人也就更加不能容忍了，同时她还担心她的聪明。因为种种原因，她就不顾一切地对她发起了她的嫉妒狂来了。

她冲着儿子说："你太没有良心了，娶了这么个乡村小媳妇，你还不知羞耻地把她当作宝贝一样供奉起来。她高傲得就好像是在这里出生似的。当年你父亲娶亲时，他谁都不愿要，偏偏就选中了我，因为我是唯一跟他的地位相当的国王的女儿。所以你也应该跟他那样做才对，把那个牧羊女送回到她的村庄去，然后再找一个与你身世差不多的年轻公主。"对妻子非常忠心的罗西蒙并没有听他母亲的话。

然后有一天，高尼波特偷走了一封茯洛丽丝写给国王的情意深长的信，并把它交给了宫中的一个年轻人，再让这个人把信交到国王的手里，这样就好像茯洛丽丝向那个年轻人倾诉了本来只该向国王表示的那种情意。

于是本该相信自己妻子的罗西蒙被自己的妒忌心以及他母亲的奸计所蒙蔽了，然后派人抓住了茯洛丽丝，并且把她永远关在一个海岛的高塔里。茯洛丽丝在塔里每天不停地哭。她不理解为什么那么爱她的国王一下子竟变得这样狠心。在监狱里，她只能见到高尼波特派来的一个看守老妇人，这个老妇人还经常侮辱她。于是茯洛丽丝开始回想起自己的家乡、村子里各种各样的乐趣和她的小茅屋。

茯洛丽丝不停的反思为什么会造成这样，她想起她妈妈作出的糊涂的决定——让自己女儿去当美丽然而却不幸的王后，而不去当知足于普通生活的不漂亮的牧羊女，感到十分苦闷。这时看守老太婆进来了，她告诉茯洛丽丝国王派了一个刽子手来杀她，而她的唯一的出路就是要充分做好死的准备。茯洛丽丝回答说，她将坦然接受刑罚。果然，一个手执大刀的刽子手来了，他按照国王的命令以及高尼波特的吩咐准备执行任务。

这时一个女子忽然出现了。她自称是受王太后的派遣，要在茯洛丽丝死前跟她说几句话。于是老太婆就让她进去了，因为看上去她的确像个宫女。其实，她就是在茯洛丽丝诞生时预言她会遭遇不幸的那位仙女，这时她化作一个王太后的使女来到了这里。她让别人都离开后，单独地对茯洛丽丝说："你愿意放弃使你倒霉的美貌吗？你愿意不做王后而重新穿上旧衣服回到你的家乡吗？"

因为可以摆脱牢狱之灾，茯洛丽丝听了十分高兴，立刻就同意了。仙女便在她的脸上安了一个有魔力的面具，于是她的脸立刻就变得粗糙起来了，失去了匀称。她成了一个丑陋的女人，别人无法再认出她来。于是她顺利地通过了前来观看行刑的人们，然后跟着仙女回到了自己的村子里。

人们到处都在寻找，他们走遍了塔楼的所有角落都没有找到茯洛丽丝。国王和高尼波特知道了这个消息后，就又派人到全国各地寻找，最终没有发现她的下落。之后仙女把茯洛丽丝交给了她的母亲。姑娘发生了如此大的变化，如果仙女不加说明，她的母亲便永远也认不出她了。茯洛丽丝心甘情愿地放弃了美貌，非常庆幸自己在乡村里过着平淡的清贫生活，继续放牧羊群。

茯洛丽丝现在变得谁也认不出了，她每天听别人说起有关她的离奇的故事，以及哀叹她所遭受的不幸。人们甚至还为她编了好多的歌曲，每当唱起这种歌的时候，大家都会流下眼泪。她也乐意和女伴们时常唱这些歌曲，同大家一起叹息流泪。然而，她却为自己现在的生活很知足，她只想跟牧群在一起，永远不让别人知道自己究竟是谁。

仙女与谢里王子

从前有一位国王，因为为人特别诚恳，所以很受臣民们爱戴，人们都称他为好国王。

有一天，在他打猎的时候，突然出现一只快要被猎犬捕获的小白兔慌里慌张地跳进了他的怀里。国王抚摸着小兔，并且自言自语地说："既然它来求我保护它，那么我就不能让人伤害它。"于是他把兔子带回了王宫，并且让它住在一所漂亮的小房子里，还给它吃鲜嫩的青草。

当天晚上，当国王独自一人在卧室里的时候，一位漂亮的女子忽然出现在了他的眼前。女子的身上并没有任何金银装饰，只穿了一件雪白的连衣裙；她的头上也没有梳任何发髻，只是戴了一顶用很多白玫瑰花编成的花冠。见到这位女子国王感到十分惊奇，心想他的房门关得紧紧的，她是怎么进来的呢？

女子开口回答说："我是康迪特仙女。今天你打猎的时候，我就在树林里。我想试探一下你的心，看看你是否像大家所说的那么善良，因此我变作一只兔子跳进了你的怀里。因为我知道，怜悯动物的人会更加怜悯人。当时如果你拒绝营救我的话，那么我就会认为你是一个坏人。而现在，我是特地来感谢你的，谢谢你为我做了好事。并且我还要对你说，我将会是你永远的朋友，以后如果你有什么要求，尽管向我提出，我一定会满足你的要求的。"

"夫人，"好国王说，"既然你是仙女，那么你一定知道我的愿望：我有一个独生儿子，我特别地疼他，并且给他取名为谢里王子。如果你对我有某种善意，那么就请你做我儿子的朋友吧！""我非常乐意。"仙女说，

"我可以把你的儿子变成这个世界上最美丽的王子，也可以使他成为世界上最有权势或最富裕的王子。你希望哪一项，就请替他作出选择吧！""我并不愿意为他选择你所说的这一切。"国王回答说，"我要请你帮忙的是，让我的儿子成为一个好人。如果他的品德很坏，那么即使他很漂亮，很有钱，甚至是占有世界上所有的国家，对他也没有用，他将仍旧是个不幸的人。只有良好的品德才能带给他幸福！"

"你说得真是太好了！"康迪特仙女说，"但是，要是王子自己不想学好，即使是我也没有办法把他变成好人，只有通过自己的劳动他才能成为一个道德高尚的人。我能帮你的，只是向他做些诚恳的劝导，教他改邪归正。如果他不愿听从，那么我就惩罚他，并且让他自己处罚自己。"

国王对于仙女的这一允诺感到十分满意。没多久，国王去世了。谢里王子非常伤心，因为他是如此诚心诚意地爱他的父王。如果能改变命运之神的安排，他情愿舍弃整个王国以及全部金银财宝来救他父亲的命。

善良的国王去世两天后的一个晚上，正当谢里要睡觉的时候，康迪特出现在了他的眼前。"我曾经答应过你的父亲，同意和你做朋友。为了遵守这一诺言，我送给你一件礼物。"仙女说着便取出一只小巧的金戒指，戴到了谢里的手指上，然后接着说，"你一定要好好保存这枚戒指，因为它比钻石还要宝贵。以后，每当你犯错的时候，它就会刺你的手指。如果你在被刺以后继续做坏事，那么你就要失去我和你的友谊，我将会成为你的敌人。"

康迪特讲完这番话，就立即不见了。谢里特别惊讶。在后来的一些日子里，谢里十分注意检点自己的言行。一点儿没有被戒指刺到他的手指，他感到非常高兴。

过了几天，他出去打猎。由于一无所获，他非常生气。当时他感觉戒指轻轻地挤了一下他的手指，但是由于还没有刺痛他，因此他也没有在意。当他回到王宫时，他的小狗碧碧迎着向他扑来以表示亲近。谢里对它说："走开，别来献媚！"然而可怜的小狗听不懂他的话，反而咬住他的衣服一直不放，想让它的主人至少看它一眼，但是这就惹恼了谢里，他十分凶狠地踢了它一脚。

戒指马上就像别针一样扎了他一下。他大吃了一惊，羞愧地回到卧室，心里想："我看仙女一定是在作弄我。我踢了一下讨厌的小狗，这也是错误的行为吗？我连打自己的狗的自由都没有了，那么还算是什么大国的国王呢？"

"我并没有玩弄你。"一个声音针对谢里的内心想法回答道，"你不只是犯了一个错误，而是犯了三个错误：第一你动了气，你觉得动物和人的存在就是为了服从你，而不可以违抗你；而你又发了怒，这就更不对了；最后你竟然还用残忍的手段对待一只可怜的小狗。我知道你的力量远远比一只小狗还要强大，但是，如果允许强者可以虐待弱者，并且认为这样做是合理的话，那么我现在立刻就可以殴打你，杀死你，由于仙女的力量要比凡人大得多。一个大国的国王不应该利用自己的权势去干坏事，而是要尽可能地用它来为别人谋福利。"谢里承认了错误，答应以后会改正。

可是他并没有履行自己的承诺。原来是因为在他幼年的时候被一个愚蠢的奶妈抚养，从小就被宠坏了：无论他要什么东西时，他只要跺脚、赌气，或者哭闹一阵，奶妈就马上会满足他。自从那之后，他便成了一个执拗任性的人。并且这个奶妈还老是对他说，他将来是要当国王的，当上国王就能享受这样的权利：任何人都得尊敬他，服从他，而他自己想干什么就可以干什么，谁都不能阻拦他。

等谢里慢慢长大和懂事以后，他认识到自己身上的缺点，知道没有比任性和傲慢更为丑恶的了。他想努力地改造自己，然而恶劣的习性已经养成了，要改掉它真的很不容易。他天生并不是坏心肠，他有时犯了错误，就会痛心地哭着说："啊，我是如此的不幸！为了克制自己的傲慢和愤怒，我不知每天花了多少力气！如果人们从小就把我养成的这些恶劣习性纠正过来，那么我今天就不会那么痛苦了。"

戒指经常会刺痛他的手，有时一下，有时会连续好几下。说来也怪，每次当他犯一点小过失时，戒指只是轻轻地刺他一下；但是如果他干了一桩坏事，他的手指甚至会被扎出血。最后，他实在是忍耐不住了。为了可以为所欲为地干坏事，他干脆就扔掉了那枚戒指。

戒指被扔掉之后，就没有任何东西再能刺痛他的手指了，于是他觉得自己成了世界上最幸福的人。他开始放肆地干起坏事来，想怎么干就怎么干，渐渐地他成了一个恶棍，任何人都不能忍受了。

有一次，当谢里在野外散步的时候，他看到一个特别美丽的姑娘，于是便想娶她为妻。那位姑娘名叫赛莉，不仅漂亮而且聪明。谢里认为，赛莉想到自己能够成为一个尊贵的王后，一定会十分高兴地接受他的要求。然而这位姑娘却毫无顾忌地对他说："陛下，我仅仅是一个牧羊女，并且一点儿财产都没有。可是尽管这样，我却永远都不会嫁给你。"

"你难道不喜欢我吗？"谢里激动地问道。"不，陛下，"赛莉说，"你长得如何，我就觉得怎么样，也就是说——你长得很漂亮。不过，假如你每天干坏事而使我对你十分憎恶和藐视的话，你的美对我来说又有什么用处呢？也许你还会送给我一笔很大的财产，但是这些财产，再加上你的华丽的衣服，以及你的漂亮的马车，对我也没有什么用。"

听到这儿，谢里就已经怒火中烧，怒火便从心底升起，他命令侍从强行把赛莉带到王宫里。这位姑娘是如此的藐视他，他眼前总是浮现着这一情景。但是因为他喜欢她，所以也不能够虐待她。

在谢里的宠臣里，其中有一个人是他的奶弟，谢里对他特别信任。但是这个人的癖性与他的出身一样低贱：他对主人只是一味拍马逢迎，还经常给他出些极坏的主意。他见到谢里不高兴，就上前问他为什么。国王对他说，由于赛莉瞧不起他，他感到非常伤心，于是决定要改正错误，做一个道德高尚的人，从而博得姑娘的欢心。然而这个坏家伙却说：嗨！只是为了一个黄毛丫头，您真想把自己的手脚捆住啊！如果是我的话，就非叫她服从不可。不要忘了，您是国王。一个国王居然因一个牧羊女的意志而屈服，真是羞耻哪！这样的牧羊女能加入到您的奴隶行列里，已经是她无上的荣耀了。在我看来，您应该不给她吃的，不给她水喝，然后再把她关到监牢里。如果她还拒绝跟您结婚，您就把她折磨死。这样才使别人尊敬和服从您。如果其他的人知道一个普通的黄毛丫头都敢违抗您，这对您来说将会是多么丢脸的事，而您的下属也会忘记，他们生存在世上的唯一目的就是为您服务。"

"可是，"谢里说，"逼死一个可怜的人，那不就损坏了我的名声吗？赛莉终究是无辜的呵！""如果一个人拒绝您的要求，那么这个人就谈不上无罪了。"这个坏心眼的心腹对他说，"退一步说，就算您这样做不公平，那也比让人责备您而对您反抗和失敬要好得多哇！"

这个宠臣十分了解谢里的心理弱点，他的话恰恰击中了谢里，因为国王最担心的就是损伤自己的威信，于是他想改正错误的良好动机又被扼杀了。他决定当天晚上就到姑娘的房里去。如果她还拒绝，他就要动手伤害她。

谢里的奶弟为了防止国王再发善心，他还专门派了两个同他一样低贱的年轻贵族到国王身边搞诡计。他们陪着国王一起吃饭，并专门把这个可怜的国王灌得烂醉，从而让他丧失理智。吃饭的时候，他们尽全力挑起国王对赛莉的愤恨，并且耻笑他在姑娘面前是多么的软弱无能。于是国王像疯子似的站起来，然后发誓一定要使姑娘屈服，不然第二天就把她当作奴隶卖掉。

谢里来到赛莉的房间，突然发现姑娘已经不见了。他觉得十分奇怪，因为房门的钥匙一直都在他的衣袋里。接着，他发起狂来，发誓要对帮助赛莉逃走的所有可疑的人进行报复。谢里周围的这几个坏家伙还想趁国王发怒的机会陷害一位曾经做过谢里老师的绅士。

这个绅士的人品很正直，他很爱谢里国王，甚至把他看作自己的亲生儿子，因此曾经多次坦率地指出过他的缺点。谢里刚开始很感谢他，可是没过多久，他就听不进去那些批评意见了。他想，人人都赞扬他，只有他的老师指出他的缺点，这不是跟他作对吗？于是，他就把老师撵出了王宫。即使这样，他还常常说老师是个好人，说自己虽然不再喜欢他了，但一直还很尊敬他。宠臣们担心国王会由于一时的想念，又会把他的老师请回来，于是决心趁此机会把他永远除去。

这三个恶毒的宠臣对国王说，苏里曼（就是那位老师的名字）曾经说过要把赛莉放走。他们一口咬定，他们亲耳听苏里曼说过的。国王听后十分生气，于是马上就命令他的奶弟派兵去捉拿他的老师，像罪犯一样把他捆绑起来，押解到他的面前。

谢里发布完命令回到自己的卧室后。他刚跨进门槛，地板就开始震动起来，接着是一声雷鸣般的巨响，只见康迪特站在了他的面前。

"我曾经答应过你的父亲，要真诚地劝导你改邪归正。如果你不愿听从，就要惩罚你。果然你还是把我的忠告当成了耳边风。"

"现在你虽然还是人的外形，然而你的罪行已经把你变成了魔鬼，激起了天人共怒。我现在要按照我的诺言惩罚你：我要把你变成畜生，因为你现在已经有了畜生的恶习——恶狼般的贪婪，狮子般的暴怒，公牛般的粗鲁，并且对待自己的第二个父亲——也就是你的老师——十分的狠毒。就把这些畜生的恶性全部溶入你新的躯体的血液吧！"

仙女刚说完话，谢里就马上变成了一头十分可怕的怪兽：他长着狮子的头，狼的腿，公牛的角，并且还拖着一条毒蛇的尾巴。这时候，他发现自己已经来到一个森林里的小泉旁边。在清澈的泉水里，他照见了自己那可怕的身影。"仔细看看你那副丑陋的模样吧，这正是你的罪孽所造成的。然而你的灵魂比你的模样还要丑恶一千倍！"

谢里听出这是康迪特的声音。他特别怜惜，于是就转身准备向她扑去，想要一口吞掉她。然而他看不见任何人。这时，这个声音又响起来了："即使你暴跳如雷，然而你却显得那样渺小和软弱。我要消灭掉你的傲气，让你屈服于你的臣民的威力。"

谢里想，如果照不见自己的丑陋模样就不会那么痛苦了，于是他赶紧离开这泉水，向森林深处走去。但是还没走多远，就陷入了一个捕熊的陷阱里。几个躲在树上的猎人马上跳下来把他逮住了，并用绳索把他绑起来后带到京城去了。一路上，他不仅没有认识到这是自己的罪恶造成的，反而咒骂仙女，并且咬断绳索，开始大发雷霆。

猎人们把他带到了城里。他看到满城百姓都很高兴，兴高采烈的。百姓们说，谢里国王一直以欺凌百姓为乐，现在终于被天雷劈死了。大家都认为是这样的。他们还说："上帝已经不能忍受他的暴虐了，因此把他从大地上清除掉了。四个贵族同谋本来以为正好能借此机会瓜分国家，可是人民的心里很清楚，正是这几个坏蛋使阴谋，才把国王引上了邪路的，因此人民把他们打倒了，并且拥戴差一点被处死的苏里曼当了国王。今天这位令人尊敬的国君刚刚加冕，我们热烈庆祝国家终于得救了。新君主品德高尚，他将会带给我们太平以及富庶的生活。"

听完后，谢里叹了几口粗气。接着他走过王宫前的大广场，然而所见到的情景让他更加痛苦了：他看到苏里曼正坐在神圣的御座上，全体百姓都在祝愿他长寿，希望他能够带领臣民消除前朝暴君造成的所有不幸。苏里曼招手让大家安静，然后向百姓们说："我虽然接受了你们授予我的王冠，但这只是暂时替谢里国王保存而已。他并没有像你们认为的那样死去，一位仙女向我说了实际情况。将来有一天，也许你们还会见到他，见到他重新成为像以前那样的一个有高尚品德的人。哎，可惜啊！"

苏里曼一边说一边流下了伤心的眼泪，"其实是那些阿谀奉承的家伙的话迷惑了他。我了解他的心地，他的人性是正直的。如果不是听信了那些坏人的鬼话，今天他本来还是你们全体子民的父亲。虽然你们痛恨他的罪恶，但还要怜悯他这个人。让我们共同祈求上帝把他归还给我们吧。对我来说，假如能见到他重新带着一颗与王位相称的善良的心登上这个宝座，即便让我拿自己的热血来浇灌这个御座，我也会感到无上荣幸。"

这一席苏里曼的话深深打动了谢里的心。这时他才明白这位老师对他怀着如此真切的忠诚与热爱，他开始悔恨起自己的错误来。他的良知的大门刚刚打开，自己的怒气就立刻平息下去了。后来，他认真地反省了平生的所作所为，认为他所受的惩罚还远远抵不上他之前所犯的错误。

他不再在铁笼子里挣扎了，而是变得像一头绵羊一样的温顺。人们把他带到一所关押各种凶兽和怪物的屋子里，将他和它们一起拴在那里。谢里开始下定决心赎罪，于是非常温顺地顺从看管他的人。然而这位看守的性格却很粗暴，虽然怪兽对他很驯服，但他一旦发起脾气来，总是无情地鞭打他。

有一天，看守睡着了，一只老虎突然从笼子里逃出来，正要向他扑去。谢里看到后觉得很高兴，他想以后就再也不用受这个人的折磨了。然而他很快就开始责备起自己的这种想法来，并且想立刻从笼子里冲出去救他。"我要以德报怨，把这位看守的性命救下来。"他说。

这边谢里话音刚落，铁笼子的门就自动打开了，他马上奔到看守跟前。这时看守已经醒来了，正在跟老虎搏斗。他看到又有一头怪兽过来了，断定这下自己没命了。可是他马上就转忧为喜，因为这头好心的怪兽不仅没有伤害他，反而向老虎猛扑过去，终于把老虎咬死了，然后又乖乖地回去伏在他的脚边。

看守非常感激他，想俯身抚慰一下这头舍命救他的怪兽。这时他突然听到一个声音说："做好事，就一定会得到好报的。"

看守低头一看，伏在他脚边的已经不再是一头怪兽，而变成一只可爱的小狗了。

谢里看到自己的变化，心里暗暗高兴，百般向看守表示亲近。于是看守把他抱起来，并把他送到了国王那里，还向国王报告了这一神奇的变化。王后当即就决定把这只小狗留下了。谢里已经对这一新的生活感到心满意足，如果他没有想起曾经自己是人，并且还是位国王的话。

王后非常喜欢这只小狗。她怕小狗长得太大，于是就问医生有什么办法。医生告诉她只能减少给小狗吃的面包，于是可怜的谢里一天中就会有半天挨饿，然而只能默默地忍受。

一次午饭的时候，人们给了他一块面包。不知是为了什么，他却衔着面包跑到王宫的花园里去了，又向远处一条熟悉的小河走去。

他走了很久，但怎么都找不到这条小河，却看见一座金光闪闪的雄伟的别墅。大群穿着漂亮衣服的男女正向大门拥去。人们在里边跳舞、唱歌，并且还吃着丰盛的美餐。然而，从里面出来的人却个个都是面色苍白，满身疮疖，并且还几乎赤身裸体，衣服都被撕成了碎片。其中还有几个人一走出门槛就立刻倒下死了；其他的一些人拖着沉重的脚步缓缓地离去；还有一些人索性在地上躺下了。他们特别饿，向正在进入别墅的人们请求得到一小块面包，然而那些人看都不看就进去了。

　　谢里看到有一个年轻姑娘，正在拔野草充饥。他走近这个姑娘，内心受到无比的触动，于是对自己说："虽然我很饿，但是等到晚饭时再吃也不会饿死。如果我把我的这顿饭留给这位可怜的姑娘，也许还能救活一条性命。"

　　于是他决定遵循这个善良的愿望去做，然后把面包放到姑娘的手里。姑娘接过面包，立刻就狼吞虎咽地吃了下去。然后姑娘就很快复原了。谢里看到自己竟然有机会救活一个姑娘，于是心里感到十分快乐。

　　他正想要回王宫，忽然听到有人在大声呼叫，这个人正是赛莉。四个男子抓住她，正要强行把她拉入这座别墅去。这时，谢里真想重新让自己变成怪兽，把受难的赛莉救出来。然而，他现在只是一只软弱的小狗，仅仅能对这几个坏人汪汪地叫几声和追逐一番而已。这几个人驱赶他，踢他，但不管怎样他都不肯离开，要看看赛莉的遭遇到底是怎么回事。

　　谢里看到自己不能把赛莉救出来，感到特别的着急。"啊，面对这帮拦路抢人犯，我已经克制不住我的愤怒了。"谢里想，"以前我是否也犯过同样的罪行呢？公正的上帝当时要是没有阻止我行凶，那么我现在是不是也会这样粗暴地对待她呢？"

　　忽然附近的一个声音把谢里的思索打断了。他抬头一看，只见有一扇窗子开了，赛莉从窗口扔出一盘肥肉，接着窗子又关上了。当他看到这盘诱人的肥肉时，他特别高兴。他已经一整天没有吃东西了，正想利用这个好机会呢。

　　然而正当他准备吃肉时，刚才接受他的面包的姑娘一下子就抱住了他，喊道："可爱的小狗，千万不要碰这些肉啊！这个别墅是座逸乐宫，从里面抛出来的所有东西都是有毒的。"

　　这时一个声音又响起了："你应该明白了，替别人做好事是会有报偿的。"

　　声音刚刚落下，谢里就变成了一只特别可爱的极乐鸟。他想起这种鸟其实是康迪特仙女的爱鸟，所以最后期望仙女能赦免他的罪。

他仍然想要去寻找赛莉。于是他飞到空中，在别墅周围转了几圈，然后发现有一个窗子还开着，于是就高兴地飞了进去。他几乎飞遍了整座房子，但还是没有找到赛莉。赛莉的失踪使他觉得特别难过，他下决心一定要找到她才行。他飞呀，飞呀，连续飞了好几天，最后在一棵大树上休息。他从树上望见了一个山洞，于是开始又朝山洞飞去。啊，他是多么快乐啊！赛莉正和一位隐士坐在那里一起吃饭呢。

终于知道心爱的赛莉没事了，于是谢里无法抑制自己的兴奋，飞到了这位迷人的牧羊姑娘的肩上，并且向她亲昵地表示见到她的高兴的心情。赛莉被小鸟的温情打动了，于是就用手轻轻地抚摸他。虽然姑娘知道小鸟听不懂她的话，仍然对着他说，她接受了他的温情，并且要永远爱他。

"你说什么了，赛莉？"隐士问，"刚才你许下心愿了？""是的，美丽的牧羊姑娘，"谢里对赛莉说，他终于恢复了他原来的样子，"只有你的这个心愿才能使我重新变成人。你已经答应永远爱我，那么就请你履行你的诺言，赐给我幸福吧！我将会向保护我的人康迪特仙女请求永远让我保持这个让你喜欢的形体。"

"你完全可以相信赛莉的忠贞，"康迪特对他说，然后化去了隐士的外形，变回了真容。"其实赛莉第一次见到你就爱上了你，然而你的罪孽却让她不能对你吐露真情。现在你已经有了一颗善良的心，赛莉也能向你自由地倾诉她的感情了。现在你们两人可以幸福地生活在一起，由于你们的结合已经建立在美德的基础上了。"

然后谢里和赛莉马上就跪倒在康迪特的脚下。谢里非常感激仙女对他的教导。赛莉知道谢里已经从过去的迷途上真正返回来了，于是感到万分庆幸，便向他表达了自己的爱恋之情。"赶快起来吧，孩子们，"仙女说，"我将会把你们重新送回到王宫去，还要把王冠归还给谢里。先前，由于谢里沾染了恶习，因此不配当国王。"

仙女刚说完话，谢里和赛莉就发现他们已经来到了苏里曼的住处。苏里曼看到主人又变回了一个有道德的人，于是感到非常高兴，马上就把御座让给了他，而他自己则成了国王最忠实的大臣。

　　谢里和赛莉结婚后幸福地生活在一起，他们在位很长时间。在位期间，谢里认真地履行自己的义务。他虽然重新戴上了戒指，但再也没有刺痛的感觉了，因为他成了一个非常有道德的人。